제목은 기억 안 나지만
표지는 파란색이에요

I can't remember the title, but the cover is blue

제목은 기억 안 나지만 표지는 파란색이에요

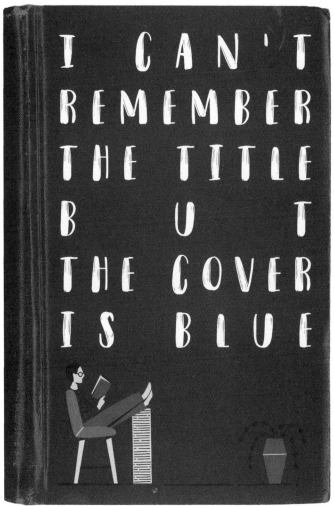

I CAN'T
REMEMBER
THE TITLE
B   U   T
THE COVER
IS BLUE

엘리아스 그레그 지음 | 필립 마스트 삽화 | 김제성 옮김

muʃintree
뮤진트리

▪ 일러두기

– 이 책은 엘리아스 그리그의 《I can't remember the title, but the cover is blue》(2018)를 우리말로 옮긴 것이다.
– 책 제목은 《 》, 신문·잡지·영화 제목은 〈 〉로 표기했다.
– 옮긴이 주는 본문 하단에 각주로 표기했다.

과거와 현재의
모든 동지, 동료, 동업자 들에게

정말이지 반론의 여지 없이 눈꼴사나운 광경이 하나 있다: 점원에게서 너무 자주 보게 되는 비루하고 굴욕적인 태도 말이다. 그는 하도 몸을 굽히며 살다 보니 똑바로 설 줄을 모른다. 억지웃음이나 미소 없이는 한 마디도 내뱉지 못한다. 그는 남자 요부로서의 모든 재주를 보여주는데, 그것은 손님이 자기와 사랑에 빠지기를 바라서가 아니라 오로지 상품을 사도록 꼬드기기 위해서다. (…)자비와 동정이라는 인간이 가진 취약점을 그보다 더 완전히, 자취조차 안 남게 제거한 인간은 이 지상에 없다. 이 모든 것을 진열해 놓고 공을 들이는 유일한 원칙은 자신의 상점에 들어오는 모든 사람을 어떻게 최대한 활용할까, 그것뿐이다.

그럼에도 이 자는, 이 나긋나긋하고 아양을 떨고 비굴한

동물은, 이 계획적이고 냉정한 거짓말쟁이는, 삶의 모든 순간이 하찮은 이윤에 대한 천박한 궁리에만 집중된 이 존재는, 뻔뻔스럽게도 자신을 사람이라 부른다. 우리가 만나는 모든 인간의 절반이 정도 차이는 있지만 여기에서 언급된 부류에 해당한다. 우리가 살아야 할 운명의 이 사회는 얼마나 도착적인 곳인가?

– 윌리엄 고드윈(1756~1836),

실패한 철학자이자 실패한 서적상

머리말

대부분의 책들과 마찬가지로 이 책도 일종의 치료용으로 시작됐다. 여러 해 동안 터무니없이 비싼 신발들을 팔던 생활을 접고 녹음이 짙고 해변 느낌이 나는 시드니 노스 쇼어에 있는 서점에 취직했을 때, 나는 이제 비로소 고요하고 고상한 삶을 살 수 있을 거라 생각했다. 마침 문학 박사 과정을 시작했던 참이라, 이거야말로 내가 잘 알고 사랑하는 상품을 파는 시간제 일자리라는 생각이 들기도 했다. 그리고 그곳에서라면, 약고 비위를 잘 맞추고 거짓말을 일삼기보다는(호주의 거대한 소매·서비스 분야에서 성공하고자 하는 사람이라면 반드시 갖춰야 할 덕목들이다) 고객들에게 진정으로 도움이 될 수 있을 것 같았다.

고객서비스 부서 직원이라면 다 알 듯, 고객이란 친절하고 사려 깊고 재미있고 온갖 정념으로 가득 찰 수도 있는 반면 불합리하고 요구가 지나치고 수시로 끼어들고 사람을 함부로 대하고 묻지도 않은 말을 잔뜩 늘어놓으며, 골이 아프고 정신을 차릴 수 없을 만큼 '괴상'할 수도 있다. 상업의 절대 명령이 지켜보는 가운데 카운터를 사이에 둔 손님과 직원 간에 펼쳐지는 위험천만한 교류에는 뭐랄까 금기를 해제하여 기행을 부추기는 묘한 효과가 있다. 고객서비스 일을 한다는 것은 무례를 당하고도 공손함을 유지하고 어떤 요청이든 합당함은 물론 환영한다는 시늉을 하며 판매를 이뤄내기 위해 충동적인 행동을 조장하면서 최저임금을(그거라도) 받는 일이다.

이 모든 것들은 이제 다 옛날이야기라고 난 생각했다. 더 좋은 곳이, 문화와 무해한 오락의 공간이 나를 기다리고 있으니 말이다. 동료들과 번갈아 고객을 응대하면 되는 그곳에서는 가장 어려운 질문이라 해봐야 '제목은 기억 안 나지만 표지는 파란색이에요' 정도일 것이었다. 나만 그런 게 아니었다. 사람들의 상상 속에서 서점이란 곳은 특별한 위치를 차지하고 있어서, 친구들도 "아, 멋지다! 나도 서점에서 일하는 게 꿈이었는데" 하며 부러움 비슷한 반응을 보였다. 서점은 편안한 장소였고, 어쩌다보니 취득과 소비라는 추잡한 일에 끌려 들어갔을 뿐 여전히 인문주의적 품위가 보장되는 조그만 우주였다.

그러나 진실을 알고 보면, 서점은 소매업의 부조리들로부터 차단되기는커녕 그것들이 현저히 도드라지는 편에 가까운 곳이다. 향수를 불러일으키고 문화를 시혜하며 대체 공동

체 역할을 맡는 우리의 기묘한 입장은 곧 고객들이 무료 탁아에서부터('딱 한 시간만요, 얌전한 애들이에요') 인터넷 검색까지('정보 고마워요, 아마존에서 살게요'), '사업체'라는 우리의 상황과는 무관하거나 직접적으로 배치되는 일을 아무런 거리낌 없이 요청할 수 있음을 의미한다. 그리고 모든 소매업체가 불안과 인간적 고뇌와 맞닥뜨리지만, 특히나 서점에서는 다루는 상품의 본질 탓에 이 고뇌가 불편할 만큼 노골적으로 드러난다. 신발가게에서의 어떤 구매는 중년의 위기 또는 이혼을 암시하기도 한다. 서점에서 누군가 '부정으로부터의 치유' 같은 제목의 책을 집어 든다면 의심의 여지는 거의 없다. 마지막으로, 아무것도 안 사고 긴 시간을 보낼 수 있는 몇 안 남은 장소 중 하나라는 점에서 서점은 게으름뱅이들, 노인들, 외톨이들, 낭만주의자들, 그리고 명백한 광인들의 자연스러운 출입처다.

　나 스스로 미치지 않기 위하여, 그리고 시간제 일과 박사논문의 틈에서 작은 창조적 배출구로 사용하기 위하여, 나는 고객들을 접하며 경험한 일들을 적기 시작했다. 거의 매일 내게 일어나는 일을 포착하여 독자들에게 나 자신의 당혹과 어이없음은 물론 동정과 위안과 즐거움을 느끼게 하자는 것이 목표였다. 이 책은 인간혐오 또는 원한의 단순한 기록이 아니고 그래서도 안 된다. 다만 우리의 기괴한 순간들에 대한 괴상하고 때로는 섬뜩하고 때로는 감동적이며 모쪼록 재미있을 일화들을 모은 책일 뿐이다. 서점에서 고객의 이야기를 듣는 것은 구마식에서의 악마처럼 으르렁거리며 다가오는 시대정신을 듣는 것이다. 그것은 사회의 기본 정치적 단위로서 소비자가 시민을 대체하고 서비스 문화가 세상을 정복할 태세인 시대에, 사람들 사이에 카운터를 놓는다는 게 어떤 결과를 낳는지에 대한 기록이다.

다른 것은 몰라도 최소한 이 글이 독자들에게 카운터 맞은편의 사람도 스스로의 삶을 온전히 살아가는 존재임을 상기시켜준다면 더 바랄 것이 없겠다. 우리가 무얼 보고 있는지 궁금해할 법도 하다. 왜냐하면 우리가 보고 있는 건 바로 당신이니까.

– 엘리아스 그리그, 2018년

01

토요일, 오전 8시 50분

서점 문을 열기도 전인데 어깨에 운동 가방을 멘 근육질의 남자가 빨대로 음료를 빨면서 문을 톡톡 두드린다. 내가 문을 열어준다.

빨대근육남: 저기요, 아이패드로 바꾸려고요. 확실히 더 나아요.

나: …그렇군요. 어떻게 도와드릴까요?

빨대근육남: 헌책 취급하나요? 제가 잔뜩 갖고 있거든요. 상태가 별로여서 아마 돈은 안 되겠지만, 어디든 버릴 데가 필요해서요. 많이는 안쳐줘도 돼요. (잠깐 멈추고선 쭈룩 소리를 내며 빨대를 빤다) 관심 있어요?

나: …별로요, 아니에요.

빨대근육남: (눈을 가늘게 뜬다; 빨대를 빤다) 왜요?

나: …말씀하신 바로 그 이유들 때문이죠.

빨대근육남: 뭐, 알았고요. 혹시 섹스 비결 있어요? (빨대를 빤다)

나: (눈을 깜박인다; 버퍼링 중) …저쪽, 세 번째 서가 왼쪽, '성

과 관계' 코너가 있어요. 보여드릴게요. (카운터 뒤에서 나와

서가 쪽으로 향한다)

빨대근육남: 아니요, 괜찮아요. 그냥 아이패드로 구입할 거

예요. (음료를 다 마신다; 빈 컵을 카운터에 놓는다; 서점에서 나

간다)

02

일요일, 오전 11시 25분

로프 체인 목걸이를 한 주근깨투성이 여자가 카운터로 급히 걸어오더니 선글라스를 벗는다. 성난 얼굴이다.

나: (조심스럽게) 안녕하세요? 어떻게 도와드릴까요?

성난주근깨: 케이트 그렌빌의 《비밀의 강The Secret River》 있어요?

나: 있을 거예요. 잠시만요, 찾아볼게요…. 넵, 있습니다.

성난주근깨: (입을 앙다물고) 다행이군요. 선물할 거예요.

나: (서가에서 책을 빼온다) 어느 분께 드리시려고요?

성난주근깨: (감정을 가득 담아) 인종차별주의자요!

나: (눈을 깜박이면서) 아! 멋집니다! 포장해드릴까요?

성난주근깨: 그래 주실래요? 그게 좋겠네요.

나: (포장을 하며) 그런데… 그분이 이 책에 어떤 반응을 보이실 것 같으세요?

성난주근깨: (으르렁거리며) 어떤 반응이든 상관없어요! (말을 멈춘다; 눈을 가늘게 뜬다) 그 나쁜 년이 울었으면 좋겠네.

03

월요일, 오후 12시 15분

유쾌하고 볼이 사과 같은 여자: 매튜 라일리 정말 좋아요. 지적이지는 않지만, 아주 재밌어요.

나: 최신작 읽어보셨어요?

유쾌사과볼: 네, 하지만, 아유, 십대를 위한 책은 아니잖아요.

나: 그래요? 너무 성적인가요?

유쾌사과볼: 네, 젊은 시절의 베스, 그러니까 엘리자베스에 관한 책인데, 아주 대담하더라고요.

나: (이 대화가 아주 재미나다) 그런데요?

유쾌사과볼: 그리고 거기에 저기… 그러니까, 저기, 매춘부들이 아주 많이 나와요.

나: 정말요? 매춘부요?

유쾌사과볼: (얼굴을 붉힌다; 음모라도 꾸미듯 목소리를 낮춘다) 그래요, 있잖아요, 초창기 매춘부들요.

04

월요일, 오전 10시 5분

파마머리에 다리를 조금 절고 커다란 검정 핸드백을 든 노부인: 이봐요, 여기가 서점인 건 알지만, 텔스트라 매장을 내가 꼭 찾아야 해서요. 이 쇼핑센터에 있었는데 어디로 갔는지 알아요?

나: (마지못해서) 제가… 원하신다면 인터넷에서 검색을 해드릴게요. (간단한 구글 검색) 워링가 몰에 하나 있다고 나오네요. 거기가 제일 나으실 것 같아요.

파마노부인: (믿을 수 없다는 듯) 더 가까이에는 없다고요?

나: (맹렬한 구글 검색) 없네요, 그게 제일 가까운 곳인 것 같아요….

파마노부인: (날카롭게) 확신하나요?

나: (차분하게) 저는 아니고요, 구글은 그런 것 같습니다.

파마노부인: 고마워요. (그 자리에 계속 서 있음)

나: …무슨 다른 도와드릴 일이라도?

파마노부인: 식당 하나 찾아줄래요? 유로피언 그릴이라는 곳인데, 뉴타운에 있을 거예요.

나: (한숨을 억누르며) 당연하지요. (온화하게 검색) 뉴타운이 맞고요, 킹 스트리트….

파마노부인: (끼어들며) 어번스푼도 찾아줄래요? 아들이 거기서 저녁을 사주기로 해서요.

나: (어번스푼을 검색) 평이 아주 좋군요.

파마노부인: (목을 길게 빼고 화면을 들여다본다) 이거 좀 뽑아줄 수 있어요?

나: 아니요.

파마노부인: ….

나: …주소를 적어드릴까요?

파마노부인: 네.

05

토요일, 오후 3시 15분

십대 초반의 손님(십대초):《그들 별에는 뭔가 잘못이 있어
Some Faults in Their Stars》있어요?

나:《잘못은 우리 별에 있어The Fault in Our Stars》말이죠?

십대초: 그게 여자가, 뭐더라, 암에 걸렸는데도 남자는 계속
그녀를 사랑하는 그거 맞아요?

나: 넵, 그거예요.

십대초: (간절히) 그거 있어요?

나: 있죠! 일반 표지로 드릴까요, 아니면 영화 표지로 드릴
까요?

십대초: 음, 영화 표지요? 그게, 여자 코에서 암 같은 게 막
나오는 게 보이는 그거 맞아요?

나: 넵.

06

화요일, 오전 9시 30분

진주 귀걸이에 보라색 운동복을 입은 여자: 홀로코스트에 대한 애들용 그림책 있어요? 뭔가 고무적인 걸 찾는 중이거든요.

나: …없는데요.

보라운동복: 그런 책 들어본 적 있어요? 혹시 구할 수 없으세요?

07

일요일, 오전 11시

분홍색 수영복을 입은 어린 소녀가 《버드나무에 부는 바람 Wind in the Willows》양장본을 자꾸 바닥에 내던지는데 나른한 힙스터 아빠는 그냥 보고만 있다.

나: (책이 바닥을 치는 순간 움찔하며) 무슨 문제라도 있나요?

나른한힙스터아빠: 아, 네… 미안합니다…. (멍하게 딸을 바라본다) 야, 릴리, 그러지 마, 응?

나: (책이 다시 바닥을 치는 순간 움찔하며) 저, 아이에게서 책 좀 빼앗으시는 게…?

나른한힙스터아빠: (얼굴을 찌푸리며) 애 키우기가 힘들어요. 쟤는 세 살이거든요.

나: 그러시죠? (책이 다시 바닥을 치는 순간 움찔하며) 제가 달래 볼까요?

나른한힙스터아빠: 좋아요, 그러세요! (잠시 생각) 그래도 아이에게 고함은 치지 말고요.

나: (부드럽게) 릴리야, 책을 한 번만 더 던지면 아빠가 책값

을 내야 할….

나른힙스터아빠: 릴리야, 당장 책을 내려놔!

08

목요일, 오전 10시 30분

얼떨떨한 엄마와 이름이 저스틴인 열 살쯤 돼 보이는 무시무시한 아들이 서점에 들어온다. 저스틴은 콧물을 흘리고 있고, 얼떨떨한 엄마는 저스틴이라는 항구적 공포에 대처하기 위한 수단으로 모종의 명상수행을 하는 것이 분명해 보인다. 둘이 어린이 책 구역으로 간다. 무시무시한 저스틴이 서가에서 책 한 권을 뽑아 바닥에 떨어뜨리더니 샌들을 신은 더러운 발로 그걸 펼친다.

얼떨떨엄마: 저스틴! 여긴 도서관이 아니야! 멋대로 책을 망가뜨리면 안 돼!

09

일요일, 오후 2시

금발 단발머리에 수수한 옷차림의 여자: 이거 하나 주세요.

나: 알겠습니다. 32달러 99센트입니다.

수수단발: 페이웨이브를 써도 되죠?

나: 물론이죠, 옆에 대주세요.

수수단발: (카드리더기에 카드를 댄다; 단말기가 불쾌한 소음을 낸다)

나: (붙임성 있게 얼굴을 찡그리며) 죄송합니다. 기계에 문제가
좀….

수수단발: 아, 괜찮아요. 벼락에 한 번 맞은 후로 제게는 이
런 일이 항상 일어나거든요.

나: 와! 와우! 정말로요?

수수단발: (쌀쌀하게) 음, 간호사 수련을 받을 때는 제가 병실
에 들어가기만 해도 심전도 기계가 말썽을 부렸어요.

나: 대단하네요!

수수단발: (사무적으로) 네, 몸에 전류가 남아있는 게 틀림없
어요.

나: 야! 잠재적 초능력을 갖고 계신 거네요!

수수단발: (엷은 미소를 띠며) 음, 뭐, 아직 출현하지는 않았죠.

나: (자세를 수습하며) 어쨌든, 제게는 벼락을 맞은 최초의 손님이시고요.

수수단발: 흠, 근데 단체로 맞았어요. 아버지랑 저, 그리고 다른 몇 사람. 다 살아남지는 못했죠.

나: 오! (숙연하게 잠시 말을 멈춤) 그렇군요. 제 동료 하나는 그만 상어에게 공격당하는 영예를….

수수단발: (살짝 재미있다는 투로) 음, 그 일 저도 겪었어요. 사람들에게 말은 잘 안 하지만요. 벼락에다 상어까지라면 말도 안 된다고들 할 거 아니에요.

10

월요일, 오전 9시 5분

반백의 머리에 턱수염을 기른 건축업자 (그 뒤에 말 못하는 견
습생이 따라온다): 형씨, 전기 연장선 팔아요?

나: 아니, 아니오, 절대로 안 팝니다.

턱수염건축: (화가 난 표정으로 내게서 눈길을 거두어 말 못하는 견
습생을 보더니 의심스럽다는 얼굴로 다시 나를 본다)

나: (당연히 없는 전기 연장선으로 인한 긴장을 맥없는 농담으로 완
화시키려는 어리석은 시도로) 전기 연장선에 관한 책은 어쩌
면…?

턱수염건축: (페인트 묻은 손가락을 내 얼굴에 대며) 똑똑해질 필
요는 없지, 형씨! (성큼성큼 나간다)

말못견습생: (당황한 표정; 말없이 열까지 센다; 허둥지둥 따라 나
간다)

11

토요일, 오전 10시 45분

코렐라 앵무새와 놀랄 만큼 닮은 여자: 예에.

나: (눈을 깜박이며) 네?

코렐라여자: 예에. 우리 종손에게 줄 니블스 책 한 권 사려고요. 벌써 다섯 권이나 있는데 아이 할머니가 더 필요하대요.

나: (번역기 가동; 기억의 궁전 똑똑) 그러니까 어린 독자들을 위한 《오지 니블스Aussie Nibbles》 말씀이세요?

코렐라여자: 예에.

나: (반사적으로) 네. 아, 네, 그 책들 있습니다. 아이가 읽은 다섯 권이 어떤 것들인지 아시나요?

코렐라여자: 아니오. 그게 몇 개나 되는데요?

나: 《오지 니블스》가 몇 권이냐고요?

코렐라여자: 예에.

나: 아주 많아요. 보여드릴까요?

코렐라여자: 예에. (잠깐 멈춘다; 생각한다) 하지만 걔가 어떤 것들을 갖고 있는지 내가 어떻게 알죠?

나: 글쎄요. 아이 할머니와 말씀 나눠보시겠어요?

코렐라여자: 아니오. 알 리가 없어요. 댁은 아시나요?

나: 손님의 종손이 읽은 다섯 권의《오지 니블스》가 어떤 것
들인지 제가 아냐고요?

코렐라여자: 예에.

나: 아뇨.

코렐라여자: 아.

12

토요일, 오후 2시 30분

정수리에서 묶은 금발 말총머리에 짜증날 만큼 수선스럽게 말을 뚝뚝 자르는 여자: 안녕하세요. 이거 할게요. (짙은 분홍색 어린이 책을 카운터에 떨어뜨린다)

나: 물론이….

정수리말총뚝뚝: 사실은요. 선물이에요. 포장해주실래요?

나: 당연하….

정수리말총뚝뚝: 사실은요. 저기요. 몇 개 더 있는데요. 여기서 산 건 아니지만 그것도 함께 포장해주실래요? (분홍색 보라색 책들 몇 권을 더 카운터에 떨어뜨린다; 움찔, 미소를 띤다)

나: (쾌활하게) 물론이….

정수리말총뚝뚝: 어떤 색깔들이 있나요?

나: 포장지 말씀이죠? 몇 가지가 있는데…. (허리를 굽혀 카운터 뒤쪽에서 선물용 포장지 몇 통을 집어 든다)

정수리말총뚝뚝: (카운터 위로 몸을 기울여) 분홍색도 있어요?

나: (포장지들을 들여다본다) 넵. (고개를 든다) 이런 색인데요.

정수리말총뚝뚝: (날카롭게) 그러고요? 다른 건요?

나: 초록, 주황, 그리고 은빛 도는 검정도⋯.

정수리말총뚝뚝: 사실은요. 세 권 다 다른 색으로 포장해주 실래요? 분홍 하나, 초록 하나, 검정 하나?

나: (멍한 미소) 물론이⋯.

정수리말총뚝뚝: 그다음에 세 권 다 리본도 달아주고요?

나: 물론이⋯.

정수리말총뚝뚝: 리본은 어떤 종류가 있나요?

나: 몇 가지 색깔들이 있는데⋯.

정수리말총뚝뚝: (눈썹을 치켜 올리며) 보여줄 수 있어요?

나: 물론이죠⋯. 특별히 원하시는 색깔이라도?

정수리말총뚝뚝: (믿을 수 없다는 듯) 네⋯? 보기도 전에 내가 어떻게 알겠어요?

나: 그렇죠. (이를 갈지 않으려 안간힘) 자⋯. (한 무더기의 다양한 리본들을 카운터에 올려놓는다)

정수리말총뚝뚝: 우와, 되게 많군요.

나: 꽤 많지요. 그래서⋯ (열의를 담아) 어떤 걸로 해드릴까 요?

정수리말총뚝뚝: 아. 맙소사. 잘 모르겠어요. 하나 골라주세 요.

나: ⋯아, 이건 어떠세요? (줄무늬 리본을 들어올린다)

정수리말총뚝뚝: (날카롭게) 넵. 좋네요.

나: (선물 포장을 시작한다)

정수리말총뚝뚝: 사실은요.

나: (눈이 휘둥그레지면서 히스테리가 느껴진다) 색깔이 안 좋으세요?

정수리말총뚝뚝: 아뇨. 색깔은 괜찮아요. 그런데 선물 영수증을 발행해주실래요? 혹시 반품해야 할지도 몰라요. 선물이고, 그래서…?

나: 당연하죠… 잠시만요. (선물 영수증을 써서 앞표지에 끼우고 다시 포장으로 돌아간다)

정수리말총뚝뚝: …사실은요.

나: (깜짝 놀라 휘둥그레진 눈; 조용히 숨을 내쉬고 포장 계속) 다른 문제라도…?

정수리말총뚝뚝: (다문 입술을 비튼다) 아뇨. 다른 부탁은 생각 안 나요. (희미한 미소)

나: (포장을 계속한다; 간신히 친절한 미소를 짓는다) 돈 값은 해야죠, 그쵸?

정수리말총뚝뚝: (열정적으로) 아, 그럼요! 이 나라의 최저임금은 정말 기가 막혀요. 완전히 도를 넘어섰어요.

나: 아. (리본 수치를 잰다; 자른다) 자. (리본을 다듬어 구부린다) 제

가 제 봉급 값은 했으면 좋겠군요.

정수리말총뚝뚝: (차가운 미소, 예리한 눈빛) 곧 알게 되겠죠.

나: (리본을 묶고, 가다듬고, 가장자리를 잘라낸다) 됐습니다. 어떠신가요?

정수리말총뚝뚝: 완벽해요. 보기 좋네요.

나: 감사합니다. 그럼, 12달러 95센트입니다.

정수리말총뚝뚝: (날카롭게) 정말요? 포장이 얼만가요?

나: 포장은 무료입니다.

정수리말총뚝뚝: (쉰 목소리로, 대단히 만족스럽다는 듯) 좋아요.

13

월요일, 오후 4시 15분

심하게 튀어나온 치아로 심한 마찰음을 내며 말하는 대머리 남자: 씰례지만, 옥스퍼드 월쓰 클래씩쓰Oxford World's Classics 판으로 나온 브램 쓰토커Bram Stoker의 《드라큘라 Dracula》 있나요?

나: (기쁘게) 네!

14
일요일, 오후 3시 20분

아이들 여럿이 보호자도 없이 들어와 어린이 책 구역으로 몰려간다. 두세 살쯤 돼 보이는 사내아이가 닿을락 말락 닿지 않는 높이에 있는 커다란 동물백과사전을 향해 손을 뻗는 걸 보고 누나가(네댓 살쯤) 집어서 건네준다. 아이는 그걸 들어 올려 카펫 바닥에 던지더니 그 위에서 뜀뛰기를 시작한다. 내가 책을 구하려고 덤벼들었다가 뜀을 뛰는 아이에게서 풍겨 나오는 진하게 무르익은 내음에 눈물을 흘리며 물러선다.

나: (아이의 누나에게) 이 꼬마가 네 동생이니?

누나: 네.

나: (악취에 눈을 깜박이며) 동생을 부모님에게 데려가야 될 것 같구나.

누나: 왜요?

나: 기저귀에 똥을 싼 것 같아.

누나: (놀랄 만큼 진심으로 킬킬대며) 기저귀 안 찼는데!

15

월요일, 오후 5시

운동화와 딱 붙는 운동복과 분홍색 후디 차림의 스포티한

노부인: 아, 안녕하세요! (얼굴을 찡그리며 손가락을 비벼 딱 소리를 낸다) 아이, 그게 뭐더라? 방금 봤는데….

나: (산파 같은 격려의 미소를 띠며) 그게 책이었나요? 어떤 종류의 책이었나요?

분홍후디: 네, 네. 범죄 도서였는데… 이름이 기억이 안 나네요….

나: 새 책인가요? 혹시 외국 작가의?

분홍후디: 맞아요! 외국 작가… 에이 참, 뭐였더라?

나: 요 네스뵈Jo Nesbo? 헤닝 만켈Henning Makell? 안드레아 카밀레리Andrea Camilleri? 스티그 라르손Stieg Larsson?

분홍후디: 아… 참… 기억이 안나요. 끔찍하지 않아요? 방금 본 건데….

나: 표지가 어떻게 생겼나요? 신간인가요, 아니면 한동안 고려하셨던 책인가요?

분홍후디: 흰색 바탕에 검정과 빨강 글자들이 좀 있었던 것

같아요. 맙소사, 방금 본 거라고요!

나: 어디서 보셨어요?

분홍후디: 그게, 신문에서 봤는데요…. 그리고 시내에서도, 왜 그 더 큰 서점 있잖아요, 마이어던가? 여기에도 틀림없이 있을 거예요.

나: 그럴지 모르죠, 네. '신간'인가요, 아니면 '나온 지 조금 된 책'인가요?

분홍후디: 아니, 아니에요. 둘 다 아니에요.

나: 혹시 '기타 등등'인가요?

분홍후디: 아닌데요.

나: (사죄 투로) 모르겠네요…. 정보가 조금만 더 있어도 어떻게 찾아보겠는데, 저희 서점에 그 책이 있는지 잘 모르겠어요.

분홍후디: (답답해하며) 이봐요, 틀림없이 있다니까요.

나: (재미있어하며) 어떻게 아시죠?

분홍후디: 진열장에 있으니까요! (코로 내쉬는 한숨)

나: ….

분홍후디: ….

나: ….

분홍후디: 갖다 줄래요?

나: …네

16

일요일, 오후 1시 15분

오렌지색 진 바지 차림의 유럽인 남자: 처기, 아녕하세요, 체가 어마 천에 여기서 채클 한 퀀 사는데, 페터 질의 '제로 완 투'라는 쉰생 벤처 귀업에 대한 채키에요. 혹쉬 한 퀀 더 이씀니카?

나: (맹렬하게 컴퓨터를 검색) 아 네⋯. 피터 틸Peter Thiel의《제로 투 원Zero to One》이죠?

오렌지진: 마차요, 파로 그거예요!

나: 있을 거예요, 저기 경제/금융 구역이에요. (오렌지진이 바짝 뒤따르는 가운데 구역으로 향한다) 그러니까 여기쯤일 텐데, 잠시만요. (쪼그려 앉아 아래쪽 서가를 훑어본다)

오렌지진: (어색할 만큼 가까이 붙어 서 있다; 오렌지색 사타구니에 시야가 반쯤 가린다) 포이시미카?

나: (정면 응시 중, 오렌지색 사타구니가 시야 가장자리에 어른거린다) 여기 있어야 맞는데요, 음, 잠시만⋯.

오렌지진: 처기, 처기 있어요! (더 가까이 다가와 발가락으로 가리킨다)

나: (사타구니 쪽의 눈을 감는다; 안도의 한숨) 잘 찾으셨네요….

오렌지진: 차신이 원하는 것을 향하여 천천해야만 한다! 그

채키 가르치는 겁니다! (골반이 살짝 전진한다)

나: (움찔; 아주 재빨리 일어선다)

17

토요일, 오전 11시

덩달아 기운이 나게 하는 초등학교 교사: 안녕하세요! 책
한 권 사려고요!《벽장 속의 인디언Indian in the Cupboard》
있죠?

나: 잠시만요⋯. 네, 여기 있네요. 저도 어렸을 때 아주 좋아
했던 기억이 나요.

덩달기운: 저도요! 수업시간에 함께 읽을 생각이에요!

나: (덩달아 기운이 나) 멋져요! 아이들도 분명히 좋아할 거예
요.

덩달기운: 네! 하지만 일부는 제외할 거예요.

나: 아, 어느 부분을요?

덩달기운: 저 말예요, 걔들이 의형제가 되는 부분요.

나: (키들거리며) 아이들이 운동장에서 그걸 따라 한다면 곤
란하기도 하겠네요!

덩달기운: (튀어나올 듯 커진 눈으로 몸을 기울이면서) 그러게 말
이에요! 나 참, 에이즈는 어쩌고요!

18

월요일, 오후 2시 50분

차양모를 쓴 여자: 찾는 책이 있는데요…. 제목은 기억 안 나는데, 상당히 독특한 데가….

나: 어떤 내용인지는 기억하세요?

차양모: 한 프랑스 여자에 관한 건데, 그 여자가 마침내 자신의 이야기를 하는 거예요. 그 책 있어요?

19

토요일, 오후 12시 50분

독선적인 수다쟁이 아줌마와 안경 낀 귀여운 얼굴에 풀죽은
아들이 카운터로 온다. 안경 낀 아들이 요탐 오톨렝기Yotam
Ottolenghi의 호화로운 신간 요리책을 카운터에 놓는다.

귀여운안경: 저기요… 이 책 주세요. 그리고 혹시, 엄, 선물
포장 해주실 수 있어요?

나: 물론이지. 아주 훌륭한 요리책이야! (훑어본다) 포장해줄
게. 그런데 남자에게 줄 거니, 여자에게 줄 거니, 아님 상
관이 없니?

귀여운안경: 어….

독선수다: (끼어든다) 그게 무슨 상관이 있죠? 왜 그런 걸 묻
는 거예요?

나: (주춤한다; 양손을 들어올린다) 아, 예! 가끔 특별하게 신경
을 쓰는 분들도 있어서요.

독선수다: 흠, 그런 사람들의 비위를 왜 맞춰야 하는지 모르
겠네요.

나: (더 주춤한다) 아니, 그게 아니라… 물론….

독선수다: 그러니까, 지금 선물을 포장하는 것뿐이잖아요. 그런데 왜…? (양손을 거세게 흔들며, 나의 아주 부적절하고 가부장제를 옹호하는 행위에 대해 생각하려 애쓴다)

나: (여전히 주춤한다; 어쩔 수 없이 그녀의 말을 대신 마무리한다) … 왜 제가 엄격한 성별 이분법을 강화하려고 드는지요?

독선수다: 바로 그거예요! 왜 그러는 거죠?

나: (쪼그라든 자아로) 포장이 충분히 여성적이지 않다 싶으면, 또는 그 반대의 경우에, 다시 포장해달라고 요청하는 분들이 계시거든요…. 그냥 핑계 같지만, 사실 그래서 세 번째 선택지를 제시하는 것이기도 해요.

독선수다: 그건 말도 안돼요! 왜 그따위 일에 굴복하는 거죠?

나: (고통스런 몸부림으로) 비위를 맞추는 건 제 일의 일부예요…. (맥없이 꼬리를 내린다)

독선수다: (혐오감을 감추지 않으며) 자, 이 책은 '남자'에게 줄 거랍니다! 하지만 '남성적'인 포장은 필요 없어요!

나: 그럼요, 물론이죠! (깊은 숨을 내쉰다) 보라색 어떠세요?

독선수다: 보라색도 좋아요!

나: (떨리는 손으로 포장한다)

20

일요일, 오후 3시 30분

둘 다 살갗이 타고 근육질에다 회색 러닝셔츠를 입은 부자가 뚜렷한 목적을 지니고 서점에 들어와 셰릴 스트레이드Cheryl Strayed의 《와일드Wild》한 권을 집어 번갈아 훑어본다. 근육질 아들이 권하자, 근육질 아버지는 카운터에 책을 올려놓고 그걸 향해 늠름한 몸짓을 한다.

근육아버지: 그거요, 형씨.

나: (결연한 승인의 빛으로) 훌륭한 책이죠. (사내답게 고개를 끄덕여주고 찌푸린 듯한 미소를 연출한다)

근육아버지: (돈을 건넨다)

나: 영화는 보셨나요?

근육아버지: 아니오. 괜찮던가요?

나: (한층 더 사내답게 고개를 끄덕이며) 훌륭한 영화죠. 꼭 보세요.

근육아버지: (입술을 씰룩인다; 고통스러운 표정) 네, 그런데 거기, 누구더라, 그 여자가 나오죠?

나: 리즈 위더스푼Reese Witherspoon요?

근육아버지: 그래요, 그게 말이에요, 그 여자는 왠지 별로거든, 육체적으로다가. 나는 육체적으로 끌리지 않는 사람은 누가 됐든 오래 보고 있질 못해서요. 어쩐지 나는 별로예요. (잠시 생각 중이다; 멀리서 보면 헤밍웨이 비슷할 것 같다) 약간 메릴 스트립Meryl Streep 같기도 하고.

나: ….

근육아들: (말없이 근육아버지를, 거세게, 밀어내고 책을 들어 올리더니 미소를 지으려 안간힘을 쓰며 나를 쳐다본다) 이거 좋은 책이죠?

나: (역시나 미소를 지으려 안간힘을 쓰며) 그야 환상적이죠.

근육아들: 좋았어요! (어울리지 않게 엄지 척)

나: 재밌게 읽으세요! (역시나 어울리지 않게 엄지 척)

21

일요일, 오전 10시 5분

잘 다투는 커플이 중간쯤의 음량으로 계속 말다툼을 하며 서점에 들어온다. 카운터를 지나치며 둘 다 멈춰서 내게 인사를 한다. 여자는 입을 굳게 다물었지만 공손하고, 민머리의 남자는 골이 깨지고 발가락이 오므라들 정도의 구취를 풍긴다. 그들은 어린이 책 구역에 멈춰 서서 친구네 아이에게 어떤 책을 줄지를 놓고 다툰다.

다문입: 《그루팔로The Gruffalo》가 좋겠지만 아마 이미 갖고 있을걸. 정말 좋은 책이고 아이들이 좋아하는데. 그거 아니면 다른 뭐가 좋을지, 얼마짜리 정도가 좋을지 모르겠어.

구취: (음, 하고 소울음 소리를 낸다; 관심이 없어졌다; 스컹크 냄새에 육박할 수준의 구취를 흘리면서 다른 구역으로 간다)

다문입: (계속 말한다) 이미 갖고 있다고 해도 괜찮지 않을까? 토드? 토드? (구취가 옆에 없음을 깨닫는다) 토드! 어딨는 거야? 대체 어디 간 거지?

나: (카운터 뒤에서) 여행 책 구역에 계세요.

다문입: (분개하며) 그가 어디 있는지 어떻게 아저씨는 알고 나는 모르죠?

나: ('냄새로 알죠, 냄새로 알죠, 냄새로 알죠, 냄새로 알죠, 냄새로 알죠, 냄새로 안다고요!'라고 외치고 싶은 걸 참으며) 서가 너머로 보이세요. (키가 크다는 몸짓을 한다)

22

일요일, 오전 11시 40분

비치 사롱을 입은 곱슬머리 여자가 서점에 들어서서 소설 구역을 향해 성큼성큼 걸어간다. 잠시 후 그녀가 절박해져 돌아와 대화를 가로막고 묻는다.

곱슬목적: N을 못찾겠어요⋯.

나: (건성으로) 잠시만 기다리세요⋯. (다른 손님과의 대화를 끝낸다) 어떻게 도와드릴까요?

곱슬목적: N을 못찾겠다니까요!

나: (골똘히 생각한다; 여러 질문들을 건너뛴다) 어떤 책을 찾고 계세요?

곱슬목적: 《스위트 프랑세즈Suite Francaise》⋯.

나: 그 책 압니다. (컴퓨터로 검색한다) 네, 있네요⋯. 이렌 네미로프스키Irene Nemirovsky 작품이고⋯.

곱슬목적: (짜증스러워하며) 누구 작품인지는 저도 알아요, 내 말은 그걸 찾지⋯.

나: N을 못찾으신다⋯ 아하, 알겠습니다. 소설은 이쪽이에

요. (안내한다)

곱슬목적: 네! (따라온다) M까지는 갔는데 N이 어디서부터
시작하는지 도무지 모르겠더라고요…. N이 어디서 시작하
죠?

나: (경외의 침묵)

23

토요일, 오전 10시 15분

다양한 야외활동 프로그램의 진행자인 롭 파머 Rob Palmer**일지도 모를 상남자 서퍼 스타일의 곱슬머리 남자:** 여기, 형씨, 혹시… (아이폰을 보고 읽는다) '구스-테프 플로우-버트'의 '보우-발-이 부인'*과, (아이폰을 보고 읽는다) '에이-밀 졸-러'의 '데얼-이즈 라-퀸'** 있어요?

나: 넵.

혹시롭파머: 흠, 좋아요. 아내에게 줄 거예요.

---

* 귀스타브 플로베르Gustave Flaubert의 《보바리 부인Madame Bovary》.

** 에밀 졸라Emile Zola의 《테레즈 라캥Therese Raquin》.

24

화요일, 오후 2시 20분

화려한 옷차림을 한 불행해 보이는 여자가 뿌루퉁한 얼굴에 눈물이 고인 채로 한참 뒤에서 따라오는 여덟 살이 안 됐을 아이 둘을 데리고 들어와, 폭우를 뚫고 차를 모는 사람처럼 절망적인 앞머리 너머로 나를 들여다본다.

불행앞머리: 레이첼 커스크Rachel Cusk 책 있어요?

나: (신중하게 눈을 깜박인다) 네. 네, 있습니다. (답은 알지만 그래도 물어본다) 그녀의 책 중에서 어떤 걸 찾으시나요?

불행앞머리: 이혼에 관한 거요.

나: (더욱 신중하게 눈을 깜박인다) 물론이죠. 확인해 드릴게요.

25

월요일, 오후 1시 20분

**맵시 있는 헤어스타일에 쾌활한 자신감을 발산하는 발랄한
여자:** 안녕하세요! 범죄자에 관한 무서운 책을 좀 찾는데
요.

내 동료 아서(내동아): (아주 신난다) 아주 많은데요⋯. 특별히
원하시는 것이 있나요?

발랄맵시: 네, 그럼요⋯. 《난장판Mayhem》이라고, 은행 강도
크리스토퍼 빈스Christopher Binse에 대한 책이에요.

내동아: 찾아보겠습니다.

나: (서가를 정리하다 이 책을 한 무더기 떨어뜨렸던 기억이 셜록 홈
즈가 된 듯 번개처럼 뇌리를 스친다) 그 책 있어, 잠깐만.

내동아: (내가 책을 갖고 오는 동안 대화를 이어간다) 그런데 왜 하
필 이 책이죠?

발랄맵시: (밝은 얼굴로) 은행에서 일했거든요, 그때 그 사람
한테 인질로 잡혔었어요.

나와 내동아: 정말로요?

발랄맵시: 네. 그가 제 얼굴에 총을 들이댔어요.

나와 내동아: (눈알을 희번덕대고, 우와를 연발하고, 기타 등등)

나: (크리스토퍼 '악당$$' 빈스의 사진이 실린 표지를 보여주며) 그러면 이게, 아, 찾으시는 그 책입니까? (근엄한 목소리로) 이 자를 알아보시겠어요?

발랄맵시: (밝은 얼굴로) 그거 크리스토퍼 맞아요! 바로 알아보겠는걸요. 재판에는 머리를 밀고 나오는 바람에 좀 헷갈렸어요…. 그래서 시간이 조금 걸리기는 했지만, 절대 잊을 수 없죠. 지금은 웃기지만, 그 사건 이후 여러 해 동안 정말 무서웠고, 극복하기까지 한참 걸렸어요.

나: ….

내동아: ….

나: …음, 범죄도서 주인공의 피해자가 저희 서점에 오신 건 처음일 텐데, 절차는 잘 모르겠지만 하여간, 뭔가 특별 할인을 제공해드려야 할 것 같네요.

발랄맵시: (다시 밝은 얼굴로) 아! 정말 고마워요!

26

수요일, 오후 1시 50분

작년에 《나의 투쟁Mein Kampf》을 주문한 후 혹시 네오나치일지 모른다고 내가 의심해온 쾌활한 영국인 남자: 안녕하세요? 책 두어 권 찾고 있는데요…. 내가 정보를 다 갖고 있지 않아도, 여기서는 한 번도 못 찾은 적이 없으니까요. (호감이 들게 눈을 반짝인다)

나: (몹시 착잡한 심정으로) 물론입니다. 어떤 책들인가요?

쾌활혹시나치: 그래요, 첫 번째는, 아마도 없을 것 같긴 한데, 작가의 성이 웨셀스Wessels예요. 키워드는 '로디지아, SAS, 방어'이고요.

나: (네오나치 측정기 바늘을 '어쩌면'으로 돌린다) 알겠습니다. 검색해보죠. (구글 검색으로 찾은 책은, 제목이 조금 에로틱하게 들릴 수도 있는데, 로디지아 반란진압에 대해 한 소년이 기록한 《소수의 강건한 사나이들A Handful of Hard Men》이다; 호주에는 입고 안 됨) 제목이 《소수의 강건한 사나이들》인데, 죄송하지만 주문할 수 없네요. 호주에는 입고가 안 돼서요. (속으로 안도)

쾌활혹시나치: (굉장히 매력적이고 나치스럽지 않은 표정으로 만화 비슷하게 움찔 놀란다) 괜찮아요, 괜찮습니다. 그런데 책 정보를 좀 적어주실래요?

나: (불편해하며) 물론이죠. ('쾌활어쩌면나치'에 부역한다)

쾌활어쩌면나치: 고마워요. 서비스, 진심으로 감사합니다.

나: (침을 삼킨다) 별말씀을요. 두 번째 책은 어떤 거죠?

쾌활어쩌면나치: (생각한다) …정보가 충분치 않은데요, 내가 아는 거라곤 주제가 브렉시트라는 것과 '애론Arron'이라는 기독교 이름뿐이에요. 미안해요, 그걸로는 턱없이 부족하죠. (전혀 나치스럽지 않게, 미안하다는 듯 미소를 짓는다)

나: (네오나치 측정기 바늘을 '아마도'로 돌린다) 애론 뱅크스Arron Banks의 《브렉시트의 악동들The Bad Boys of Brexit》 맞나요?

쾌활아마도나치: (고맙다는 의미의 신음 소리를 낸다) 바로 그거예요… 훌륭해요! 여기 있나요?

나: 아뇨, 하지만 ('아마도나치'의 편의를 봐준다) 주문해드릴 수 있어요. (자신이 밉다)

쾌활아마도나치: 그래주시겠어요? 그러면 정말로 감사하죠.

나: ('아마도나치'가 정말로 감사할 만하게 브렉시트에 관한 책을 주문해준다)

쾌활아마도나치: 그럼 이만 가보도록 할게요. 머리를 깎고

다시 와 책을 더 고르려고요.

정답게 손을 흔들어 보내놓고 괴로운 마음으로 '아마도나치'의 주문기록을 점검한다. 불길하게도 《나의 투쟁》으로 시작하여, 하나같이 영웅적인 백인 식민주의자들이 다양한 식민지 주민들을 상대로 벌인 반군진압 활동에 관한 논픽션 도서 여러 권이 등장한 뒤, 예상을 깨고 스티브 쿠건Steve Coogan의 앨런 파트리지Alan Partridge 가상 자서전으로 허무하게 끝난다. 동료들에게 내 고민을 털어놓았더니 그중 하나가 단순한 역사적 관심으로 《나의 투쟁》을 읽는 사람이 많고, 호기심이 있다는 이유로 무조건 나치인 것은 아니라고 말하며 내 마음을 약간 달래준다. 네오나치 측정기 바늘이 한 단계 내려간다. 특별주문 손님들에게 전화 거는 일로 돌아간다. '쾌활어쩌면나치'가 다시 서점에 들어와서는 고맙게도 정상이기 그지없는 스릴러 한 권을 카운터에 놓는다.

쾌활어쩌면나치: 도움에 다시 감사드려요! 이걸로 우선 버티려고요.

나: (착한 남자가 덜 나치처럼 보여 기쁜 얼굴로) 별말씀을요!

쾌활어쩌면나치: (다른 손님이 특별주문을 넣어 구해둔 금전등록기

옆의 로버트 해리스Robert Harris의 스릴러를 보더니) 저기요, 잠
깐만요. (로버트 해리스 책을 가리킨다) 저 작가의 다른 책 한
권 있는지 찾아줄 수 있어요?

나: (긴장하며) 어떤 건데요?

쾌활어쩌면나치:《조국Fatherland》이던가 그럴 거예요.

나: (멍하게 컴퓨터를 검색한다) 아뇨, 없습니다…. (절망: 메스꺼
움) 주문해… 드릴까요?

27

토요일, 오전 9시 25분

벌집 헤어스타일, 풀오버와 카디건의 격조 높은 앙상블, 진주 액세서리, 그리고 놀라운 웅변조의 발성을 갖춘 노부인: 도리스 데이Doris Day 자서전 있나요?

나: (마냥 기쁘게) 네!

28

화요일, 오전 11시

몽유병 환자 같은 엄마와 처음에만 귀여운 네 살배기 남자아이가 다가온다. '몽유병엄마'가 카운터에 책 한 더미를 내려놓는다. 네 살배기는 손을 뻗어 너저분한 활동책 한 권을 내게 직접 건넨다.

몽유병엄마: (지쳐서) 백스터, 그 책 안 사준다고 엄마가 말했잖아. (내 손에서 책을 빼앗는다)

나: (관대한 미소) 마음대로 안 되지, 백스터? 아주 좋았어!

'몽유병엄마'가 그 책을 어린이 책 구역에 갖다 놓고 카운터로 돌아온다. 백스터는 어정쩡하게 어린이 책 구역으로 걸어가 다시 그 책을 갖고 돌아와선 내게 건네주려 한다.

몽유병엄마: 백스터. 안 돼, 말했잖아. (책을 빼앗아 서가에 갖다 놓는다)

연속되는 사이클.

몽유병엄마: 백스터! 안 된다고!

백스터: (계산된 미소를 연출하며… 책을 내 쪽으로 밀친다)

나: (책을 집어 카운터 뒤에 놓은 뒤 의기양양하게 웃는다) 게임 끝,
백스터!

백스터: (울부짖는다)

29

토요일, 오전 10시 20분

엄청 바빠서 인사치레 같은 건 정말이지 필요 없고 신속한 서비스면 충분한 전사형 엄마: 도와주실 수 있으리라 믿어요.

나: (사근사근하게) 저도요!

엄청바빠: (이 이상한 응대에 짜증이 났다는 걸 얼굴이 말해준다) 아들 주려는 건데 새뮤얼 베케트Samuel Beckett의 (아주 천천히 발음한다) 《고도. 를. 기다리며Waiting for Godot》한 권 찾아줄 수 있어요?

나: (수준 높은 농담을 할 생각에 지레 신이 나서) 물론, 찾아드려야죠! 손님께서… '기다려주시기만' 한다면!

엄청바빠: ….

나: (차분해져서) 있습니다. 갖다 드릴게요.

30

월요일, 오후 3시

나: (도서배급연합의 불만접수 부서에 전화한다)

도배연잰: (급식담당 아줌마 수준의 피로와 짜증으로) 도서배급연합, 잰입니다.

나: 네, 잰 씨, 저는 노스 쇼어 서점의 엘리아스예요. 안녕하시죠?

도배연잰: (갑자기 요염하게) 아, 엘리이이이아스….

나: (〈심슨 가족The Simpsons〉의 닥터 히버트처럼 조그맣게 웃으며) 네, 맞아요.

도배연잰: (은근하게) 당신의 전화를 우리는 좋아해요, 엘리이이이아스…. 낮고 굵은 음성이 매혹적이거든요.

나: (낯을 붉히며) 친절한 말씀이네요…. 하지만 실물은 훨씬 덜 매력적이라서요.

도배연잰: (어처구니없이 저속하게) 오, 그런 건 문제도 안돼요, 에에에엘리이이이아스…. 어떻게 생겼든 상관없다고요.

나: (높은 소리로 킥킥거린다)

31

월요일, 오후 5시

까닭 없이 이 세상에서 제일 슬픈 여인: 시력도 잃고 요양
원에서 사는 몹시 슬픈 아흔아홉 살 할머니에게 딱 맞을
카드는 없겠죠?

나: (해도 없는 어두운 바다를 건너다본다) 네, 없을 것 같군요. 카
드로 할 수 없는 일도 있는 법이니까요.

세젤슬여: 두 달 동안 찾아왔지만 할머니를 기분 좋게 해줄
것을 못 찾겠어요. 너무 우울해하셔서 딱 맞는 카드를 드
리고 싶은데. 작은 검은고양이 카드가, 그 팝업 되는 거요,
괜찮겠다 싶기도 한데… 잘 모르겠네요. 어떻게 생각하세
요?

나: (이별을 알리는 종소리가 들려온다) 잘 보지도 못하신다면 카
드로 기분을 좋게 해드리기는 아주 어렵지 않을까요?

세젤슬여: 음악 카드를 드리곤 했거든요. 여왕 카드를 드린
일도 있는데 그걸 펼치면, 그러니까, 음악이….

나: (하늘 저편이 어두워지는 느낌) 아직 갖고 계시는 감각에 호
소하는 게 좋을 것 같아요…. 청력이 괜찮으시다면 음악도

괜찮겠죠. (망설이며) 하지만 딱 맞을 카드를 못 찾는다고 너무 절망하지는 마세요.

세젤슬여: 그냥 포기해야 되겠죠. 하지만 여기 와서 저 카드들을 구경하는 게 정말 좋아요! 온갖 다른 색깔에… 아, 정말이지 모든 걸 잊게 만들어주니까요! 매주 오는데… 아마 보셨을 거예요.

나: (묘지파 시인들의 멜랑콜리에 완전히 깃들어 카운터로 걸어 돌아온다) 언제 오셔도 환영입니다.

세젤슬여: (돌연 초조해져서) 사기도 해요…. 늘 사니까 걱정 마세요! 가끔 사기만 하면 들어와 구경해도 괜찮은 거 아닌가요?

나: (지독히 상심하여) 당연하지요! 사지 않으셔도 되고요, 언제든 원하실 때 오셔도 돼요.

세젤슬여: (아직도 초조한 채로) 카드를 아주 많이 사요…. 여기 카드를 굉장히 좋아해요. 그냥 구경만 해도 좋아요. 이제 가봐야 할 것 같군요. 도와주셔서 감사해요! (불안한 걸음으로 서점에서 나간다)

나: (그녀의 뒤에 대고) 창피해하지 마세요! 카드를 맘껏 구경하셔도 돼요! 카드를 보셔도 된다고요!

32

일요일, 오후 1시

로프 팔찌를 끼고 '히말라야산맥'이라는 글자가 적힌 셔츠를 입은 탄탄한 몸집의 남자가 캔버스 반바지에도 불구하고, 이를테면 세탁소에 나타난 바리스*처럼 어딘지 신비로운, 성직자 같은 분위기를 띠고서 카운터 앞에 나타난다.

'히말라야산맥': 안녕하세요.

나: 안녕하세요.

'히말라야산맥': (양손을 깍지 낀다) 오노 요코Ono Yoko의 《도토리Acorn》라는 시집 있나요?

나: (양손을 깍지 낀다; 키보드를 쓰기 위해 깍지를 푼다) 저런, 없네요. 죄송합니다. 한 권 주문해드릴까요?

'히말라야산맥': (실제로 입술에 손가락을 댄다) 아뇨. (생각한다) 화가 루닉Leunig의 책도 있나요?

나: (현자처럼 고개를 끄덕인다) 있습니다. 보여드리죠.

---

* 《왕좌의 게임Game of Thrones》의 등장인물.

33
월요일, 오후 2시 5분

새가 그려진 세퀸 티셔츠 차림의 시골 중년 아줌마: 작은 사랑책들 있어요?

나: (버퍼링) 선물용 도서 같은 거요?

시골새셔츠: 네, 사랑이 들어있는 작은 책들이요. 저는 시골 에서 왔어요.

나: (이 상황 재미있다) 그렇군요. 네, 있습니다. 이쪽으로 오시죠. (해당 구역으로 안내한다)

시골새셔츠: (부루퉁한 얼굴로) 사랑책들이 이것뿐이라고요?

나: 넵, 그럴걸요. 찾으시는 책이 하나도 없나요?

시골새셔츠: (혀를 차며) 네, 없네요…. 동물이 들어있는 책은 요?

나: 역시 선물용 도서죠? 아니면 동물들에 관한 책?

시골새셔츠: 아뇨, 동물 그림이 그려져 있고 요상한 글귀도 있는 그런 거요.

나: (눈썹 확 올라가고, 눈동자 깜박이고, 기타 등등) 요상한 글귀요?

시골새셔츠: 그래요, 이렇게 오리새끼들이 나오고 위에는 엄마들에 대한 다정한 말이 적혀있고 그런 거요.

나: 아, 알겠어요! (맹렬한 안도의 끄덕거림) 삶을 긍정하는 인용문 같은 거요?

시골새셔츠: 네, 귀여운 걸로요.

<u>34</u>

금요일, 오후 12시 45분

넥타이 정장에 관리를 받은 수염, 향수 냄새의 강도로 보아
부동산 에이전트로 짐작되는 남자가 카운터로 직진해 오더
니 어깨와 턱을 지나치다 싶게 치켜들고《자유의지론자라는
대안The Libertarian Alternative》을 내려놓는다.

자유수염: 얼마죠?

나: 29달러 99센트요.

자유수염: (어이없다는 듯 콧방귀를 뀐다; 분노한 얼굴이다) 그렇게
나 비싸요?

나: (텅 빈 가슴에 엉겅퀴만 날리고) 그렇게나 비싸요.

자유수염: (아멕스 카드를 찾느라 지폐가 잔뜩 든 지갑을 뒤진다; 끔
찍할 만큼 천치 같은 트럼프Trump의 어록을 담은 선물용 도서를 본
다) 하! 이건 얼만가요? 잘 팔리나요?

나: 조금요.

자유수염: (트럼프 책을 계속 보며) 이렇게 멍청한 사람들은 투
표 자격을 주면 안돼요. (스스로 감명 받아 콧구멍이 벌어진다)

나: 그러니까, 아멕스 카드죠? (단말기를 앞으로 민다) 옆에 카드를 대시거나 칩 카드면 위에 끼우세요.

자유수염: (단말기 위에서 카드를 들고 헤맨다)

나: 옆에 대거나 (검지를 단말기 옆쪽에 댄다) 위에 끼우세요 (카드를 끼우는 판토마임 동작)

자유수염: (위에 카드를 댄다; 단말기에 아무 반응이 없다)

나: 그러니까요, '옆'에 카드를 대거나 (손가락을 옆쪽에 댄다) '위'에 끼우시면 됩니다. (판토마임 동작)

자유수염: (옆과 위를 대각선으로 오가며 카드를 흔든다; 단말기가 더 가까이 대라는 안내 문자를 띄운다; 카드를 단말기 위에 올려놓는다; 아무 반응이 없다)

나: (갈수록 쾌활하게) 이번에는 꼭요, 여~~~옆에 대거나 (단말기 옆쪽을 원형으로 문지른다) 위-에-끼-우-세-요. (끼우는 판토마임 동작을 곁들이며 음절 하나하나를 끊는다)

자유수염: (카드를 대러 위쪽으로 향한다)

나: (마지막 순간에 단말기를 돌려 옆면이 위로 올라오도록 한다; '지불이 승인되었습니다') 됐네요! (빛나는 얼굴)

자유수염: 고마워요. (약간 화가 나있다; 기계를 노려본다) 신형 기계거나 뭐 특별한 건가요?

나: 아뇨. 봉투 필요하세요?

35

수요일, 오후 4시 15분

호사스런 의상에 광택 아이섀도를 진하게 바른 노년 여자 손님이 카운터 끝쪽에서 요란하게 손짓을 한다: 저기요, 이보세요! (에펠탑 사진 위에 'PARIS MON AMIE'라는 글자가 크게 박힌 얼빠지고 화려한 카드를 들어올린다) 혹시 이거 해석해 줄 수 있어요?

나: (영웅적인 자제력을 발휘하여) 네, 그건 '내 친구 파리'라는 뜻입니다.

호사파리: 아, '내 친구'구나. 고마워요. 프랑스어 할 줄 알아요?

나: (소스라쳐서) 아, 아뇨, 전혀 못합니다.

호사파리: (못 믿겠다는 투로) 그러면 어떻게 그렇게 바로 무슨 뜻인지 알았어요? 찾아봐야 할 거라 생각했는데.

나: (겸허한 미소) 전에 어디선가 들었던 표현이라서요.

호사파리: (날카롭게) 어디서 들었어요? 프랑스 가봤어요?

나: (웃으며) 아뇨, 아뇨, 전혀요. 어디서 처음 들었는지 기억이 안 나요.

호사파리: (마지못해) 뭐, 어쨌든 대단하네요.

36

토요일, 오전 10시 30분

'헝클머리엄마'와 '플리스재킷딸'이 불안한 모습으로 카운터에 다가온다.

헝클머리엄마: 안녕하세요. 저기, 상품권이 있는데…. (쭈뼛거린다)

나: (온화한 미소로) 잘됐네요!

헝클머리엄마: 상품권이 있는데, 음, 개가… (미안한 듯이 얼굴을 찡그린다) 개가 물어뜯어버렸어요. (지갑을 뒤져 조각난 상품권을 담은 비닐봉투를 꺼낸다) 전부 다 물어뜯었어요. 아직 쓸 수 있나요?

나: (지저분한 비닐봉투 안을 들여다본다) 넵, 상품권에 적힌 번호를 읽을 수만 있으면 가능해요.

헝클머리엄마: 비닐봉투에서 꺼낼까요?

나: 아뇨, 그냥 두셔도 돼요.

37

월요일, 오전 11시 50분

줄무늬 옷을 입은 몹시 진지한 여자가 카운터에 두 손을 올린다. 상체를 굽혀 다가온다.

나: (물러서며) 안녕하세요?

두줄무늬: (맹렬히 눈을 마주친다)

나: (상냥하게 눈을 깜박인다) 어떻게 도와드릴까요?

두줄무늬: 딸아이가 대학에 들어가는데 많은 도움을 필요로 해요.

나: 그럼요. 당연하죠. (적정 거리를 유지하고자 두 손을 깍지 낀다) 학문적 도움인가요? 아니면 좀 더 개인적인 도움인가요?

두줄무늬: 둘 다요. 카드들이 있었으면 하는데.

나: (멘붕; 비상용 질문 반복 모드에 진입) 카드들이요?

두줄무늬: 그래요, 에스터 힉스Esther Hicks의 〈끌어당김의 법칙Law of Attraction〉 카드들이요.

나: (강제 리셋; 고객 서비스 소프트웨어 재부팅) 검색해보겠습니

다…. 재고는 없는데요, 원하신다면 주문해드릴 수 있습니다.

두줄무늬: 그래주시겠어요? 얼마나 걸릴까요? 아주 급해서요.

〈

38

일요일, 오후 1시 5분

턱 끝 수염을 깔끔하게 정돈한 경직되고 작은 체구의 십대 후반 청년이 숱 없는 머리를 빗어 넘기고 투명한 조종사용 안경과 나일론 레이싱 팀 폴로셔츠에 가느다란 금목걸이로 스타일을 완성한 아버지와 함께 카운터로 다가온다.

경직턱작은수염: (출세에 눈먼 냉혈한의 차갑고 뚝뚝 부러지는 말투로) 네, 안녕하세요. 제가 주문한 책이 도착했을 텐데요. 프리드리히 하이에크Friedrich Hayek의 《노예의 길The Road to Serfdom》이요.

나: (최대한 따뜻하고 커다랗고 자애로운 미소를 지으며) 그래요? 주문하신 분 성함은요?

경직턱작은수염: 브….

나: 넵, 여기 있습니다.

경직턱작은수염: (마른 입술에 침을 바른다; 열렬한 쾌락의 마른 불로 눈이 번쩍거린다) 좋아요.

내가 볼드모트*도 막아낼 수 있을 것 같은 날이었다.

*《해리 포터Harry Porter》의 등장인물.

39

토요일, 오후 12시 15분

꽃무늬 셔츠에 예언자 같은 눈을 가진 고령의 부인이 서점 안으로 천천히 들어오며 노수부*의 눈길로 나를 꿰뚫어본다.

꽃무늬예언자: 사람들이 이야기하는 소리가 들려요. (연기를 하듯 멈춘다)

나: (세 살배기처럼 듣는다; 노수부의 뜻이 통했다)

꽃무늬예언자: 사람들이 이야기하는 소리가… 라디오에서.

나: …아, 그들이 (낙관적으로 시제를 조절하며) 뭐라고 이야기 하던가요?

꽃무늬예언자: (우주의 신비를 관통하듯) 어린이 책들이에요. 뭐라는 걸까요?

나: (지대한 노력으로 제정신을 되찾아) 어린이 책을 찾으시는 거예요? 선물하시게요? 아이가 몇 살인데요?

꽃무늬예언자: 뭐라고 하는 걸까요? 그들은 라디오에서 어

---

* 새뮤얼 콜리지Samuel Coleridge의 《노수부의 노래The Rime of Ancient Mariner》.

떤 어린이 책 작가들 이야기를 하고 있었을까요? 뭐가 있
나요?

나: ('꽃무늬예언자'의 강렬한 시선이 방출하는 최면력에 저항하며)
저, 추천해드릴 책은 무척 많은데요, 혹시 누구에게 줄 생
각이신가요?

꽃무늬예언자: (한없이 난감해져) 무슨 뜻이죠?

나: (뜻이라는 관념 자체가 알쏭달쏭해져) 아, 책을 주려고 생각
중인 아이가 있으세요?

꽃무늬예언자: (묵상한다) 라디오에서 어떤 유명한 어린이 책
작가들에 관해 이야기하고 있는지 알고 싶을 뿐이에요.

나: (눈을 질끈 감는다; 눈을 깜박인다; 호흡한다) 저, 과거에 방송
됐을 만한 것들을 보여드릴 수 있는데요. 그림책이 좋을까
요, 보통 이야기책이 좋을까요?

꽃무늬예언자: (불길하게) 특별히… 생각 중인… 것은… 없고
요…. 일반적인 현황을… 알고 싶을… 뿐이에요. 라디오에
서 많이들 이야기하니까요.

나: (절망이 깊어진다) 누가요? ABC 방송을 듣고 계셨나요?
아니면 702였나요?

꽃무늬예언자: (짜증나는 중) 그냥 라디오에서 이야기할 만한
어린이 책들을 좀 보여줘요.

나: (멍하니 손을 뻗는다;《퍼그 강아지 피그Pig the Pug》를 집는다)

　요즘에 인기가 많은 책이에요.

꽃무늬예언자: (진지하게 들여다본다)

전화벨이 울린다.

나: 잠시 실례해도 될까요? 전화가 와서요. (도망간다)

40

일요일, 오전 10시 15분

분홍색 운동복에 그을린 살갗의 여자 손님: 저기요, 저자는 기억 안 나는데 〈데일리 텔레그라프〉에 일부가 소개됐어요… 〈안녕 아빠Hey Dad!〉에 나온 남자가 들어갔는데, 소아성애자라는 이유로 다른 수감자들이 그에게 인분을 던진 그 감옥에 대한 책 있나요?

나: 넵.

41

화요일, 오전 11시 55분

시드니 인질극* 다음날, 유행을 타지 않는 언론인 스타일의
옷을 입은 수수한 차림의 그러나 곧 최악으로 밝혀질 여자가
마치 내가 '메롱!' 했는데 봐줬다는 듯 거만한 관용의 분위
기를 띠고 카운터로 다가온다.

최악번: 안녕하세요… 혹시… (한숨) 내가 저기 토트백 몇 개
살까 하는데…. (불만스럽게 말을 멈춘다)

나: 물론이죠! 어떤 걸로요?

최악번: (내가 자기 발에 오줌이라도 눈 것처럼) 이거요. (비닐 포
장이 되어 목재 걸이에 줄로 묶인 토트백들을 가리킨다) 그런데,
참, 이렇게 걸이에 묶여있으면 대체 어떻게 살 수가 있죠?
(그녀가 정말 하고픈 말은, '넌 대체 어쩜 그렇게 역겨운 인간쓰레기
냐?'라는 듯)

나: (골든 리트리버 강아지처럼 씩 웃으며) 아, 맞아요! 무척 튼튼

* 2014년 사건.

하게 묶여있죠? 다행히도, 제게 가위가 있죠. (뚱보 마술사처럼 가위를 휘두른다)

최악번: 안 파는 물건처럼 그렇게 묶어놓은 이유가 뭐죠? (그녀가 정말 하고픈 말은, '서서 걷는 건 어떻게 배웠으며 말은 누가 가르쳐줬냐?'라는 듯)

나: (다정하게 웃으며) 손님들이 저희에게 말을 거시게 할 작은 덫이죠. (줄을 잘라 토트백들을 건네준다)

최악번: 정말로요?

나: (어거지 인내심을 내팽개치고) 아뇨, 정말은 아니고요. 어쩌면 절도가 걱정되어 그렇게 걸이에 걸어놓은 게 아닐까 싶은데요…. 잘은 모르겠네요.

최악번: (내가 악취라도 풍긴 듯 콧구멍에 주름을 잡는다; 뼛속 깊은 피로와 분개를 담아 한숨을 쉰다) 그렇게 걱정해야 할 만큼 중요한 일은 따로 있을 것 같은데요, 아닌가요?

나: (돌연 새로운 관점에 눈이 멀고 한낱 인간이 그토록 중대하고 고상한 진리를 발화할 수 있다는 사실에 충격을 받은 채로) 그러면, 토트백 두 개 맞으시죠?

42

토요일, 오전 10시

얼굴에 생채기가 있는 볼이 빵빵한 남자아이가 카운터에 레고 책을 던진다.

빵빵생채기: 대런의 파티에 가게 됐어요! 초대를 받았고요, 초청장에 내가 초대받았다고 적혀있어요!

나: 와~ 신나겠네! 케이크도 있겠지?

빵빵생채기: (깊은 숨을 들이쉬고 황홀감에 눈이 휘둥그레진다) 그럼요, 케에에에이크가 있죠! 그게 제일 중요한데요!

43

일요일, 오전 10시 15분

파란 폴로셔츠와 은목걸이 차림의 돼지 같은 남자가 통화를 하며 서점에 들어오더니 카운터에 한쪽 팔꿈치를 괸다.

돼지남: (통화중) 그래… 그래… 맞아. 저, 형씨, 종이하고 펜 좀 빌립시다!

나: (말없이 펜과 포스트잇을 밀어 준다)

돼지남: (통화중) 그래… 제목이 뭐라고? (혀로 입술을 핥는다) 알았어. (포스트잇에 책 제목을 적는다; 통화를 끝내고 주머니에 전화기를 넣는다; 펜으로 포스트잇을 가리킨다)

나: ….

돼지남: (반응을 기다리는 듯 나를 바라본다) 이거 있어요? (펜으로 포스트잇을 두드린다)

나: (쌀쌀하게) 검색해볼게요. 펜은 다 쓰셨나요?

돼지남: 넵. (펜을 건네준다; 돼지 같은 얼굴에 고통스런 표정이 스치고 지나간다) 저, 그거 잠깐만 다시 줄래요? 내가… (펜을 받아든다) 아주 지독한… (펜을 든 손을 비틀어 등 뒤로 가져간다)

아이쿠, 가려움증이 있어서요! (펜 끝으로 맹렬하게 긁는다; 숨을 내쉰다; 자세를 바로잡는다) 훨씬 낫네요.

44

화요일, 오후 3시 15분

바로크적이랄까 대륙의 침울한 분위기를 지닌 고상한 옷차림의 여인: 뭐든 제 할아버지가 맘에 들어 하실 걸 여기서 찾을 수 있을까요?

나: (구세계의 서글픈 비올라 선율이 들려온다) 그러기를, 음, 바랍니다…. 보통 어떤 것에 관심이 있으신데요?

대륙침울: 흠…. (소설 구역으로 발길을 돌린다)

나: (막연히 따라간다) 추천 좀 해드릴까요?

대륙침울: (골똘한 침묵) 할아버지가 책을 좋아하시려나요?

나: (어느 겨울날 앙상한 가지 위로 차가운 별들이 쏟아지는 거리에 홀로 선 것처럼 우울해진다)

대륙침울: 이건 어떨지…? (홀연히 서가에서 소설 한 권을 빼들고 멍하니 바라본다)

나: …네. (몽환 상태에 근접한다)

대륙침울: 카드를 사드릴까요?

여기는 J. 알프레드 프루프록*의 책방이다.

* T. S. 엘리엇Eliot의 《J. 알프레드 프루프록의 연가The Love Song of J. Alfred Prufrock》
에서 비유.

45

토요일, 오후 4시 40분

관리 받은 반백의 짧은 수염과 잘 태운 피부, 레이밴 선글라스를 끼고 자신을 좀 더 드러내기 위해 옷깃을 내린 수상쩍은 남자가 베네치아 안내서와 피렐리 캘린더 50주년 기념 모델 컬렉션, 이렇게 두 권의 값비싼 탁자 비치용 책을 카운터에 내려놓는다.

잘태운수상: (수다; 전반적으로 헤프다) 이 서점 놀라워요. 아름다운 것들로 가득하네요.

나: (무심한 미소; 책을 스캔한다)

잘태운수상: 이거 본 적 있어요? (베네치아 안내서를 음탕하게 어루만지며 찬미한다) 베네치아 너어어어무 좋아요.

나: (무심한 미소; 베네치아를 봉투에 담는다)

잘태운수상: 그리고 이 책은… (피렐리 책을 한껏 품에 안는다; 반쯤 펼쳐 고전적인 상반신 나체를 살짝 보여준다) 기막혀요. 저기… (잠깐 멈추고 생각한다) 피렐리, 너무 좋아요.

나: (무심한 미소) 250달러입니다.

46

일요일, 오전 11시

분홍 립스틱과 보라색 머리의 고슴도치 여인: 자기야, 이거
포장 좀 해줄래요? 엄마한테 줄 거거든요.

나: 물론이죠! (포장한다; 보라색 포장지에 맞춰 갈색 리본을 고른
다; 리본을 묶기 시작한다)

분홍보라도치: 자기, 다앙장 멈춰!

나: (당장 멈춘다)

분홍보라도치: 다른 색깔 리본 있어요?

나: 물론이죠…. 갈색이 별로세요?

분홍보라도치: 자기도 참, 너무 싸구려 갈색이잖아.

<u>47</u>

금요일, 오전 10시 30분

최고급 캐시미어를 걸치고 의도적인 외국식 어투로 끝없이 독백하는 여자: 안녕하세요, 작년에 아이를 낳은 딸에게 줄 책을 한 권 찾고 있어요. 두 살짜리 여자아이에게 적당하고, 호주 동물들이 들어있고, 너무 어렵지 않고, 우편으로 보낼 수….

나: (미소 짓는다; 벌써 지친다)

외국식캐시미어: 여기가 호주 동물들이 그려진 어린이 책 구역인가요? 너무 어려운 것은 안돼요, 아직 어린아이고 아이 엄마도….

나: (《주머니쥐의 마법Possum Magic》,《웜바트 스튜Wombat Stew》, 《웜바트의 일기Diary of a Wombat》등등 딱 봐도 호주 어린이 책임을 알 수 있는 책들을 건네준다)

외국식캐시미어: (계속 말한다) 웜바트는 글쎄요… 웜바트를 본 적이 한 번도 없을… 아!

나: (흠칫한다) 아?

외국식캐시미어: (전시된 책을 가리킨다) 저거《미스터 치킨 파

리에 가다Mr Chicken Goes to Paris》인가요?

나: (미소 짓는다) 네.

외국식캐시미어: 세상에나. 얼마 전 '루브르'에서 저걸 샀었 거든요! (폭발적인 반응을 기다린다)

나: (미소 짓는다) 그러셨어요?

외국식캐시미어: 그래요! '파리'에서요! (내 머리통이 터지기를 기다린다)

나: (여전히 미소 짓는다)

외국식캐시미어: 언제부터《미스터 치킨 파리에 가다》가 여 기 있었어요?

나: 음, 대략….

외국식캐시미어: (말을 자른다) 왜냐면 내가 '루브르'에서 바 로 얼마 전에 저걸 샀었거든요. 정말 '재미있지' 않아요?

나: (여전히 미소 짓는다) 음.

48

일요일, 오후 2시 45분

전형적 대기업 직원답게 머리를 깎은 휴무일의 회사원: 어,

안녕하세요. (거래로 잔뼈가 굵은 주먹을 카운터에 대고 두드린다)

나: (미소 지으며) 안녕하세요, 손님. 어떻게 도와드릴까요?

전형대기업: (입을 한껏 벌리고) 우와아아인 책을 찾고 있어요.

나: (홀린 듯) 그러니까 와인 책 말씀이시죠?

전형대기업: (눈을 깜박인다; 어깨를 편다) 네.

나: 자, 여기 있습니다! 가장 인기 있는 와인 책 《할리데이
와인 컴패니언Halliday Wine Companion》이 있고 또…. (다른
몇 종을 나열한다)

전형대기업: (눈을 깜박이고 입을 굳게 다문 채 생각한다) 음, 그것
말고…. (적당한 말을 찾느라 골몰한다) 우와인 책은 없어요?
우와인에 대한 그냥 책 말예요.

나: 그러니까 와인 가이드보다는 와인이 어떻게 만들어지는
가에 대한 책을 찾으시는 건가요?

전형대기업: (곰곰이 생각한다; 드라이버로 꽉 찬 우리와 충돌하는
백상어의 칙칙한 눈빛이다) 어, 말하자면… (손으로 사변형의 물

체 모양을 만들어 보인다) 좀더… 우와인에 관한 책…. (눈에 초점이 돌아온다)

나: (신중한 미소) 와인 사진들이 있는 책 말씀이신가요?

전형대기업: (여명과 같은 깨달음이 얼굴을 스쳐간다; 행복한 미소) 아, 맞아요!

나: (기뻐하며) 엄청나게 많죠.

49

일요일, 오전 11시 45분

〈베터 홈즈 앤 가든 Better Homes & Gardens**〉에 나오는 여자들 같은 미소를 목소리에 담은 삼십대 여자:** 안녕하세요! (^^) 좀 도와주실래요?

나: 안녕하세요! (^^) 어떻게 도와드릴까요?

베홈가미소: 친구가 옛날 책을 한 권 추천해줬거든요. (^^) 전 바보예요. (^^) 제목도 저자도 기억이 안나요. (^^)

나: 그럴 수 있어요. (^^) 혹시라도 기억나는 게 있으신가요? 어떤 것이든요. (^^)

베홈가미소: (^^) 아, 현명도 하셔라! (^^) 고전이라더군요. 1980년대에 관한 거랬던 것 같은데 쓰기는 그 전에 썼대요. (^^) 죄송해요. (^^) 그것 말고는 기억이 안 나요. (^^)

나: (뭔지 알겠음) 아니, 아니에요. 좋아요, 거기에서 시작하면 되겠어요. (^^) 그러니까… 미래에 관한 옛날 책이죠? (^^)

베홈가미소: 맞아요! (^^; 신중하게 눈을 깜박인다) 좀 오래되긴 했어도 좋은 책인가 봐요. (^^)

나: (이 묘사가 굉장히 마음에 든다) 혹시 조지 오웰George Orwell

의 《1984》일까요?

베홈가미소: (장인이 빚어낸 음료를 맛보는 라이프스타일 텔레비전

진행자처럼 눈을 감고 '이건 천재야' 하는 표정) 와, 바로 그거예

요. (^^) 정말 대단하세요! (^^)

나: ^^.

50

수요일, 오후 3시

유모차에 엄청 커다란 아기를 태운 젊은 엄마가 서점에 들어온다.

커다란아기: 으앙!

나: (소스라친다)

젊은엄마: 서점을 되게 좋아해서 그래요, 그치 시에나?

커다란아기: (유모차의 벨트를 밀어내려고 한다; 얼굴을 찡그린다)

젊은엄마: 그치 아가야? 너 책 좋아하잖아, 안 그래?

커다란아기: 책!

나: (흠칫한다)

51

월요일, 오후 12시 15분

겉으로는 정상 같았는데 알고 보니 말도 못하게 끔찍한 금발의 영맘: 안녕하세요! (크게 뜬 눈; 진지함) 와우! 서점이 예쁘네요. 여기엔 와본 적이 없어요…. 내 말은, 여기 살지만, 그러니까 여기서 뭘 사본 적은 없다는 말이죠.

나: (미소 짓는다) 감사합니다, 좋은 서점이죠. 어떻게 도와드릴까요?

끔찍영맘: 아주 좋아요, 사실은요…. 동생이 곧 아이를 낳을 건데 고전적인, 그러니까 고전적인 거 말예요, 어린이 책을 사주고 싶어서요. 왜냐면, 그렇잖아요, 책은 뭔가 특별한 게 있잖아요? (본인의 달변에 감동하여 하늘을 쳐다본다)

나: (조금 지쳐서) 음, 맞습니다. 그런데 어떤 책들을 생각하고 계세요? (어린이 책 구역으로 향하며) 베아트릭스 포터Beatrix Potter의 앙증맞은 책들도 있고 삽화가 아름다운 고전도….

끔찍영맘: 그런데요, 저기, 오래된 건 또 싫거든요. 우리가 어렸을 때 좋아했던 책들을 선물하면 멋질 것 같더라고요? 뭐랄까, 어떤 연결고리를 만든달까요?

나: (별안간 트림이 올라오는 느낌; 삼킨다) 멋진 생각이네요! 어떤 책들을 좋아하셨는데요?

끔찍엄맘: 그냥 고오오오전들이죠. 이를테면, 오리지널 《스팟》 같은, 그 왜 탭을 들춰보는 거요. 그 책 있나요?

나: (팝업 그림책들을 훑어본다) 작은 버전은 없고….

끔찍엄맘: (정상 분위기 증발; 끔찍 발동) 확실한가요? (코를 찡그린다)

나: 있기는 한데 큰 판형만….

끔찍엄맘: (혐오스럽다는 듯) 오리지널이 아니라면 싫어요. 정말 없어요?

나: 죄송합니다… 어제 하나 남은 것을 판 것 같네요.

끔찍엄맘: (연극적으로 한숨을 쉰다) 실제 서점에 왔는데도 이렇게 원하는 게 없다니, 정말 실망스럽네요. (더러운 속옷 보듯 나를 본다)

나: (갑자기 솟구치는 분노를 억누른다) 곧 추가 분량이 입고될 겁니다… 주문을 넣어드릴까요?

끔찍엄맘: (비꼬는 투로) 흠, 그러면 얼마나 걸리는데요?

나: (상냥하게; 차분하게) 목요일까지 구해드릴 수 있습니다.

끔찍엄맘: 그렇게나 오래 걸려요?

나: 그 정도는 걸리죠.

끔찍영맘: 농담하는 거예요? 일주일이 걸린다고요?

나: (어리둥절한 표정) 저, 아뇨. 일주일이 아니고… 오늘이 월 요일이거든요.

끔찍영맘: (뒤돌아 걷기 시작한다) 그러니까 아무것도 없는 거 네…. 맙소사! 너무나 실망스러워욧!

나: (맥베스의 기분이 된다) 아무것도 없는 게 아니라… 추천할 만한 다른 좋은 책들이 얼마든지 있어요. 동생분하고 어린 시절 좋아했던 다른 고전 어린이 책은 또 없으신가요?

끔찍영맘: 로드 캠벨Rod Campbell의 동물원 책들 있어요? (악 의를 담아) 그것도 따로 주문해야 하나요?

나: (번쩍이며 주위를 감도는 단검을 무시하며) 《동물원에게Dear Zoo》 말씀이죠? 찾아봐드릴게요. (서가들을 훑어본다; 고통스 러운 표정) 그것도 다 나갔네요…. 죄송합니다.

끔찍영맘: (믿을 수 없다는 듯 고개를 가로젓는다)

나: 로드 캠벨의 다른 동물원 책 《나의 동물원My Zoo》은 있 습니다.

끔찍영맘: (신랄하게) 하지만 그건 오리지널이 아니잖아요?

나: (근엄하게) 네, 맞습니다. 오리지널이 아닙니다.

끔찍영맘: 이렇게 내가 원하는 게 하나도 없는데 어떻게 서 점이 유지될 수 있는지 이해가 안되네요.

나: (밝게) 재미있게도 어제 장사가 너무 잘돼서 오늘 손님이 찾으시는 책이 없는 거랍니다.

끔찍엄맘: 아무것도 없다는 게 너무 실망스러워요.

나: 저, 매진이 될 때도 있어요…. 말씀하신 대로 저희는 실제 서점이고 따라서 재고가 한정되어 있어요. 하지만 여기 보시면… (책들을 뽑기 시작한다) 이렇게 책이 많아요. 《복숭아, 배, 자두Each, Peach, Pear, Plum》랑 《차를 마시러 온 호랑이The Tiger Who Came to Tea》도 있고요. 《그루팔로 The Gruffalo》와 《초록 양은 어디 있을까?Where is the Green Sheep?》도 있군요. 《애니멀리아Animalia》나 《마법의 용 퍼프 Puff the Magic Dragon》, 《털보 매클레리Hairy McClary》는 어떠신가요?

끔찍엄맘: (분개하여) 하지만 전부 오리지널이 아니잖아요!

나: (모욕이 안 될 만한 답변을 찾아내려 머리를 쥐어짠다) 네, 아닐 것 같네요. 죄송합니다.

끔찍엄맘: 와우. 어처구니없어라. 그러니까 전혀 도와줄 수 없는 거잖아요, 맞죠?

나: (사근사근하게) 그런 것 같네요.

끔찍엄맘: 이러니까 사람들이 인터넷으로 가는 거예요. 오늘 경험은 처음부터 끝까지 차마 믿을 수 없을 만큼 실망

스러웠어요.

나: 네, 죄송하다는 것밖에 드릴 말씀이 없네요…. 인터넷에
서 찾기 어려우시면 알려주세요, 금주 내로 입고될 예정이
니까요.

끔찍영맘: (서점에서 나가며 경멸조로 쏘아붙인다) 잘도 그러겠네
요!

52

노스 쇼어 서점 정보지에서
'남성을 위한 신나는 쇼핑'을 소개합니다!

전시용 암석이나 차량 진입 방지용 말뚝으로부터 생물을 분리시켜주는 생각을 해보려는 어떤 노력도 거부하는 남자들을 위해 일련의 피곤한 여자 손님들이 쇼핑에 나선다. 자, 출발!

고양이타워처럼 여러 아이를 달고 온 여인: 제 남편은 자기는 어떤 책이든 상관없대요. 경영인이나 뭐 그런 중요한 사람들에 대한 것이고 재미있기만 하면 된다면서.

나: 남편분이 리처드 브랜슨Richard Branson 좋아하세요?

고타녀: 아뇨… 그 사람은 너무 교육적이라고 하더라고요.

***

모쪼록 최선을 다하는 십대 소녀(모최십): 걔가 책이 좋대요.

나: 아 네. 어떤 책을 원하던가요?

모최십: 올해 책을 좀 읽었다면서, 무조건 새 거여야 한다고

만 했어요.

나: 그래요? 참 좋군요.

모최십: 사실은 많이 필요하진 않아요, 그래서 잘 모르겠는데… 새 책은 어떤 것들이 있나요?

***

그럴 만해서 남편을 줄기차게 혐오하는 노부인: 이 책을 남편에게 보여줘도 될까요? 지금 밖에 있어요… 들어오기 싫다고.

나: (어리둥절해져서) 왜 들어오기 싫으시대요?

줄기혐오: 너무 복잡하대요.

나: 친구 분을 위해 쇼핑하시는 건가요?

줄기혐오: (원한에 차; 날카롭게; 냉랭하게) 아, 아니에요… 저이를 위한 거죠. 내가 고르는 걸 못미더워하긴 하는데, 그런데도 들어오려 하질 않으니까요.

***

가득찬 손수레를 밀며 들어온 만삭의 임산부: 안녕하세요!

추천 좀 해주세요. 남편이 저더러 시어머니 크리스마스 선물로 책을 한 권 골라 달래요.

나: 알겠습니다…. 남편 분께서 마음에 두고 계신 책이 있나요?

만삭임산부: 아니에요… 뭘 사드려야 할지 전혀 몰라요…. 그냥 저더러 시어머니가 좋아하실 만한 걸 고르라는 거예요.

나: 아, 네.

53

일요일, 오전 10시 20분

수심에 찬 곱슬머리 여인: 안녕하세요…. 좀 도와주시면 좋겠는데… 남자아이들을 위한 용변교육 책을 찾고 있어요. 근데, 웃겨야 돼요.

나: 그러시군요, 뭔가 있을 겁니다…. (연극적인 미소를 짓는다) 가장 인기 있는 구역으로 손님을 모시겠습니다!

수심곱슬: (용변교육 책 구역을 훑어본다) 이게 유용해 보이네요. (한 꼬마가 방금 정복한 변기 앞에 서서 개선장군처럼 통통한 주먹을 들어 올리고 있는 표지 사진을 눈을 가늘게 뜨고 유심히 살펴본다) 웃기는 책 맞나요?

나: (신중하게 생각해본다) 음, 그리 웃기지는 않을지도 몰라요….《해적의 변기Pirate Potty》는 어떨까요?

수심곱슬: 안돼요, 아이가 해적은 무서워해서요.

나: (점잖게 고개를 끄덕인다) 그러겠군요. 하지만 그게 가장 웃기는 용변교육 책이거든요. 그렇다면 일단 유용한 걸로 써보시고 아이의 반응을 보는 건 어떨까요?

수심곱슬: (벽돌을 격파하는 손동작을 취하며 더없이 강경하게) 안

돼요! 무조건 웃겨야만 돼요! 웃기지 않으면 아이가 아무
것도 하지 않을 거예요!

54

일요일, 오전 10시 40분

외래환자 같은 헤어스타일에 반바지와 패딩 점퍼를 입고 한 손에는 사과를 다른 손에는 당근을 든 중년 남자가 음침하고 어쩐지 약간 비밀스런 분위기를 띠고 들어와 절도범들의 온 상인 건축 도서 구역으로 직행한다.

나: (덤덤하게 미소 지으며 인사를 한다; 안경을 쓰고 미소 짓는 눈 뒤편에서는 터미네이터의 스캔 작업이 맹렬히 가동된다) [최초 스캔 결과로 볼 때 자유의지론자 및 영적 '수련자' 성향의 독신남 추정. 손에 든 과일 한 가지와 야채 한 가지는 과민성 대장증을 암시, 청정식, 요가광, 밀교섹스워크숍, 발기부전 등 일수도. 패딩 점퍼는? 전직 통화 트레이더, IT 전문직, 이혼남. 헤어스타일? 불확실함. 절도 위험은? 낮음. 권고사항은? 천장의 거울 통해 가끔 모니터하다 필요시 미소/지원 전술 동원]

외래헤어: (건축 도서 구역의 의자에 앉아 건축물들이 잔뜩 소개된 크고 값비싼 책을 뽑아 들고 사과를 먹기 시작한다)

나: (이따금 천장 거울을 확인한다; 반바지에 패딩 점퍼를 입은 성인 남성이 간식 시간의 유치원생처럼 사과나 배어 먹으며 값비싼 책을 훑어보고 있다는 것에 살짝 짜증이 난다; 기막히게 서툰 도둑일 수도 있다는 생각이 든다)

외래헤어: (사과를 먹은 후 심을 서가 바닥에 버린다; 당근을 먹기 시작한다)

나: (천장 거울을 노려본다) [오염 가능성 발견. 장소는 건축 도서 구역. 정체불명의 음식물 쓰레기 확인 완료]

외래헤어: (내가 거울을 통해 노려보고 있음을 깨닫는다; 거울 속으로 부루퉁하고 심술난 표정으로 일그러진 나를 힐끗 본다; 당근을 와드득 깨문다)

나: [음식물 쓰레기 오염 확인. 경보, 경보, 경보, 출동] (폭풍처럼 매장을 가로지른다; 외래헤어 앞에 나타난다; 눈썹뼈 돌출 극대화한다)

외래헤어: 에이, 나 좀 내버려둘래요? 내가 들어오고 나서 줄곧 감시하고 있었죠? 가방을 보자는 거 아녜요? (노려본다)

나: (매처럼 눈을 가늘게 뜬다) 아, 아닙니다. (클린트 이스트우트 Clint Eastwood처럼 잠시 말을 멈춘다) 조금 전 손님 입에서 나온 저 축축한 사과 심을 서가에서 치워주시기를 부탁드리

려 합니다. 아주 비싼 책에 거의 닿을 지경인 데다, 불결합
니다.

외래헤어: (끔찍한 헤어스타일 속으로 움츠러든다) 아, 미안합니
다. (사과 심을 주워 패딩 점퍼 주머니에 넣는다)

나: (격자무늬 셔츠를 망토처럼 휘날리며 묵묵히 서가들 사이로 사라
진다)

55

월요일, 오후 4시 5분

하염없이 찌푸린 얼굴에 낙타털 코트를 입고 보석을 주렁주렁 단 여자: 안녕하세요, 제가 지금 몹시 급해요…. 어머니가 막 백 살이 되셨어요.

나: (버퍼링) …우와. 어떻게 도와드릴까요?

찌푸린낙타: 막 백 살이 된 사람에게 적합할 작은 생일선물을 찾고 있어요…. 그런 게 있나요?

나: 막 백 살이 되신 손님 어머니께 적합할 작은 선물이 있냐고요?

찌푸린낙타: (찌푸림 한결 깊어진다) 네.

나: (홀린 듯) 모르겠는걸요! 어떤 종류의 작은 선물이 백 살 된 여자분께 적합할까요? 손님 어머니는 어떤 스타일의 백 살 된 여자분이신데요? (꿈꾸는 눈; 몽상에 빠진다) 우와! 세상에… 백 살 되신….

찌푸린낙타: (짜증스럽게) 그냥 작은 걸로요…. 급해요, 무슨 공책 같은 거?

나: (김빠진다) 보여드리죠.

56

토요일, 오후 2시 15분

금목걸이에 '건드리지 마, 이미 불편하니까'라고 적힌 러닝 셔츠를 입고 오클리 선글라스를 낀 거북목 터프가이: 형 씨, 살인사건 책들은 어떤 것들이 있소?

57

화요일, 오후 2시 30분

바가지머리를 한 난폭한 아이가 서점에 뛰어 들어온다. 천천
히 모호하게 떠돌 듯 엄마가 따라온다. 매니저와 나, 불길한
눈빛을 주고받는다.

매니저: 꼬마야, 여긴 뛰어다니면 안 되는 곳이야.

바가지난폭: (건방지게 킬킬거린다; 서가 사이를 계속 뛰어다닌다)

떠도는엄마: (한 자락 미풍처럼) 월, 뛰지 마, 아가야…. (매대 앞
에 선다)

매니저와 나: (곁눈질)

매니저: (영웅적 수완을 발휘하여 '떠도는엄마'에게) 넘어지면 다
칠 거예요…. 날카로운 모서리들이 아주 많거든요 여기
는….

'바가지난폭'은 여전히 미친 듯이 킬킬거리며 매장 안을 왕
복한 다음 어린이 책 구역을 향해 코너를 급히 돌다 제 발에
걸려 붕 공중으로 떠오르더니 쿵 소리를 내면서 서가 측면에

머리를 부딪치고 카펫 바닥에 얼굴을 처박는다.

매니저: (무기력하게) 그러게 뛰어다니면 안되는 곳이라니까
요.

나: (고소한 만족감을 감추며 고개 돌린다)

58

토요일, 오전 11시

엄청나게 적대적인 여자(엄적녀): (공격적으로) 상품권 주세요!

나: (눈 깜박인다) 알겠습니다. 당연히 드려야죠.

엄적녀: (앙다문 이 사이로) 다행이네요.

나: 얼마나요?

엄적녀: 뭐가요?

나: (침착하게) 상품권 얼마치나 필요하시냐고요.

엄적녀: (화를 내며) 아, 몰라요! 얼마치여야 되는데요?

나: (이 상황 무척 희한하다) 원하시는 만큼요…. 얼마치 원하세요?

엄적녀: 모른다고요! 책값이 얼만데요?

나: (이 상황 즐기기 시작한다) 그거야, 책에 따라 다르죠.

엄적녀: (정말, 정말, 짜증이 난다) 보통 책은요?

나: (곤혹스럽다) 보통 책요? 그것도….

엄적녀: 아 진짜! 그러니까 25달러쯤 되는 거예요?

나: (상냥하게 눈 깜박인다) 25달러요? 좋습니다. (능란하게 자판

을 두드린다) 여기 25달러치입니다. (미소 짓는다)

엄적녀: (분노로 들끓는다; 값을 치른다)

59

일요일, 오후 3시 35분

카운터 끝머리에서 지팡이를 든 씩씩한 할머니가 부른다:
여기요!

나: (다른 손님을 마저 도와드린다; 바삐 건너간다) 어떻게 도와드
릴까요?

씩씩할머니: (카드를 들어 보여준다) 이 카드는 비어있나요?

나: (정답게 미소 짓는다) 네.

씩씩할머니: (카드를 살펴보며) 글자를 써넣으려면 어떻게 해
야 하죠?

나: (정신이 비틀거린다; 회복한다) 제가 써드릴까요?

씩씩할머니: 속에 글자가 없는데 어떻게 친구에게 축하 인
사를 하죠?

나: 내용을 적어넣으실 수 있어요.

씩씩할머니: (곰곰이 생각한다) 저쪽으로 가야겠어요…. (카드
와 지팡이와 핸드백을 챙긴다; 카운터 앞쪽으로 온다) 어떻게 펴
는 건지 보여줄래요?

나: 물론이죠. (카드를 편다) 여기다 친구분께 보낼 내용을 쓰

시면 돼요. (카드 속 빈 공간을 가리킨다)

씩씩할머니: 아, 알겠어요. 그러니까 여기다 쓰는 거네요?

나: (살갑게 고개를 끄덕인다)

씩씩할머니: 그래요. (카드 값을 치른다; 포장한 선물을 가방에서 꺼낸다. 신중하게 생각한다) 펜이 필요하겠는데요.

나: 네, 여기요.

씩씩할머니: (펜을 받아든다; '친애하는 C…, 생일 축하해. 사랑하는 친구 M…'이라고 조심스럽게 쓴다; 카드를 돌려준다)

나: (카드를 받아든다; 봉투에 집어넣는다; 선물의 리본 밑에 끼운다) 다됐네요.

씩씩할머니: 젊은이, 고마워요. (스스로의 작품을 검토하고는 망연해진다) 난 너무 늙었어요.

나: (아주 곰곰이 생각한다) 필체가 정말 예쁘시네요.

60

일요일, 오후 2시 45분

허식가의 터덕킨* 요리법.

짧게 친 머리, 이탈리아 풍 헤어스타일, 세련된 안경 차림의 중년 남자가 '데우스DEUS'가 새겨진 검정색의 부드러운 가죽 가방과 뜯지도 않은 몰스킨 공책 한 세트를 나란히 내려놓고 반 발짝 물러서서 입술에 손가락을 대고 생각에 잠긴다.

짧게친머리: 흠….

나: …흠?

짧게친머리: 흠, 혹시 도와줄 수 있을지…. 이 공책들이 이 아름다운 가방에 들어갈 것 같아요? (가방을 열어 아이패드 미니와 여러 종류의 값비싼 펜들을 보여준다) 아이패드 아래 하나 끼워 넣고 싶거든요.

나: (헤프게) 공책 포장을 뜯어 한번 넣어볼까요?

짧게친머리: (호기심에 차) 와우! 그래도 되나요?

---

* 칠면조, 오리, 닭을 함께 사용한 요리.

나: (나이젤라*에 빙의하여) 크게 한번 해보자고요. (포장을 뜯어 공책 한 권을 아이패드 아래 밀어 넣는다)

짧게친머리: 딱 맞는군요. (만족스런 숨을 짧게 내쉬며 가방을 닫는다) 이제 완성됐어요.

* Nigella Lawson, 영국의 유명 요리 전문가.

61

월요일, 오후 5시 20분

얼굴에 음식이 아주 많이 묻은 노부인: 여기 복사기 있나
요?

나: (조심스럽게) 왜 그러시나요?

얼굴음식노부인: 복사를 좀 해야 해서요. 비용은 낼게요.

나: 죄송하지만 복사는 안 됩니다…. 신문 가판대를 이용하
시겠어요?

얼굴음식노부인: (손으로 쓴 종잇장 한 다발을 꺼낸다; 성난 얼굴이
다) 아주 급해요. 20분 내로 이걸 급행으로 부쳐야 되거든
요.

나: 그게 뭔데요?

얼굴음식노부인: 중국인들에 관해 스코트 모리슨Scott
Morrison 수상에게 쓴 편지예요.

62

일요일, 오후 1시 30분

해변에 가는 것이 분명한 젊은 남자와 배달 불능 우편물 취급소에서 봤음직한 여자친구가 들어와 내가 몽롱한 상태에서 책을 납품받고 있는 서점 뒤편까지 건너온다.

해변남: (그래픽 노블 구역에 다다른다) 야, 죽여준다! 이봐, 미셸! 이게 내 구역이네. 진짜 《땡땡Tintin》은 최고였어, 안 그래?

배불우: (휑한 침묵)

해변남: 나 뭐 사줄 거라면 저거 《땡땡》 사주라…. 다 갖고 싶네, 정말.

배불우: (시험방송 중)

해변남: (자신의 도취를 목격해 줄 누군가를 찾아 주변을 둘러본다; 책 무더기 뒤의 나를 발견한다) 형씨, 여기 굉장한데요!

나: (희미한 미소; 납품 확인 작업으로 돌아간다)

해변남: (모두에게; 허공에 대고; 역사를 향해) 그런데 그래픽 노블은 또 뭐야, 웃기게? 그냥 다 만화잖아!

나: …. (정리 중)

해변남: 진짜 웃기죠?

나: (응답이 기대되고 있다는 것을 어렴풋이 깨닫는다; 몽롱한 상태에서 대답을 한다) …소설을 단어집이라고 불렀던 것과 비슷하겠죠.

해변남: (질주하는 오토바이 위에서 대수학 문제를 푸는 사람의 표정) 정말요?

나: (정신적으로 혹 깨어난다; 눈 깜박인다; 시인한다) 아뇨, 그냥 해본 말이에요.

해변남: ….

나: ….

해변남: …으하하하하하하하! (배불우를 슬쩍 찌른다) 요년! ('요년'을 가리킨다)

배불우: (실없이 폭소를 터뜨린다)

나: (오스카 와일드Oscar Wilde처럼 우쭐댄다)

63

목요일, 오후 5시

귀갑테안경여인: 안 살 수가 없더라고요…. 너무 예뻐요!

(에펠탑이 그려진 생일카드를 내게 건넨다)

나: (흐리멍덩하게) 음. 멋진 카드죠, 멋진 카드예요….

귀갑테안경여인: 파리 너무나 좋아해요. 정말 너무나!

나: (비굴하게) 특히 뭐가 그렇게 좋으세요?

귀갑테안경여인: ….

나: ….

귀갑테안경여인: ….

귀갑테안경여인: ….

나: 6달러 50센트입니다.

64

화요일, 오후 12시 20분

목이 쉰 듯한 목소리에 하염없이 눈을 맞추는 말쑥한 차림의 노부인: 안녕하세요. 찰스 크라우트해머Charles Krauthammer의 신간을 찾고 있어요. 제목은 잘 모르겠고요.

나: (찰스 크라우트해머가 누군지 몰라 상냥하게 미소만 짓는다) 찾아보겠습니다. (구글 검색; 남몰래 창백해진다) 신간은《중요한 것들Things That Matter》인데, 재고가 없는 것 같은데요.

목쉰말쑥: 아, 언제 들어오는데요?

나: (사실대로; 안도감을 감추며) 안타깝게도 호주 배급사에는 품절이네요.

목쉰말쑥: 나중에, 한 달쯤 후에 오면 돼요?

나: (거짓말로) 그럴지도 모르겠네요. (덤덤한 미소)

목쉰말쑥: 후안 윌리엄스Juan Williams의 다른 책 하나 찾아줄래요?

나: 물론이죠…. 제목이 뭐죠?

목쉰말쑥:《재갈Muzzled》요. 언론의 자유와 정치적 올바름에 관한 책이에요.

나: (미소 짓는다; 관심이나 지성이나 의견으로 해석될 수 있을 표정을 다듬는다) 찾아보겠습니다…. (사실대로; 안도하며) 마찬가지네요. 죄송합니다! (예의를 차려 대화에 쇠창살을 내린다; 한 발짝 물러나서 반쯤 팔짱을 낀 채 '목쥔말쑥'의 어깨 너머를 본다)

목쥔말쑥: (설명을 하지 않고는 못 배긴다) 두 사람 다 아주 흥미로운 작가랍니다…. 아주 명료하고 뚜렷한 논리적 작가들이죠. (이제 붙잡힌 돌고래처럼 안경 너머를 물끄러미 떠도는 내 눈길을 쫓는다) 윌리엄스는 언론의 자유에 대해 굉장히 열정적이에요…. 둘 다 (맹렬한 동작!) 설득력이 뛰어나요.

나: (전혀 대꾸도 없다)

목쥔말쑥: (눈을 마주치려는 시도가 더욱 거세진다; 거리를 판단하는 뱀의 목처럼 머리가 좌우로 왔다 갔다 한다) 크라우트해머는 정말로 '논리적'인 사람이에요…. (말을 멈춘다; 슬퍼 보인다) 비록 트럼프가 훌륭한 대통령이 되지 않을 거라고 생각하긴 하지만. (레이저 광선 다시 불을 뿜는다) 어떻게 생각해요?

나: (래브라도 강아지처럼 순하게) 그 사람이 자신이 정말 무엇을 안다고 생각하는지 좀 더 알아봐야 할 것 같네요.

목쥔말쑥: (얼굴이 밝아지지만 삼가는 빛이 역력하다; 목 근육이 꿈틀거린다) 조심하는 게 좋을 거예요. 찾아보면 트럼프도 사실 책을 많이 썼어요…. 그런데 언론이 뭔가 트럼프에 반

감을 갖고 있는 것 같아요…. 그러니까 조심해야 할 거예요. (눈을 내리깐다)

나: (미소 지으며, 고개를 끄덕이며, 수사학적인 질문) 정말요? 그렇군요. (고개를 좀 더 끄덕인다)

목쥔말쑥: 맞아요, 지금 아주 조심해야 하는 거예요. 정치적 올바름이 그야말로 갈 데까지 갔어요, 그리고, 아마 이런 말 기분 나쁠지 모르지만, 언론은 모든 걸 자신들의 보도에 맞춰, 자신들의 왜곡에 맞춰 접근한다 이거죠. 정말이지 너무나 (손을 오므려 얼굴 반을 가리며) 좌파란 말이에요.

나: (상냥하게, 절제해가며, 천천히) 흠. 재밌군요. 저는 손님과 정치적으로 반대편에 있을 거예요. 그리고 저는 좌파의 시각으로 매사에 접근하고 자신을 좌파로 간주하죠. 그런데 저나 제 친구들 다수도 언론이 쓸 데 없는 것들에 집중한다고 생각하고 있어요.

목쥔말쑥: (목이 더욱 꿈틀거린다) 흠. (멍청하게) 가치관에 달린 것 아니겠어요?

나: (수영장 놀이기구처럼 미소 짓는다)

목쥔말쑥: 뭐, 한 달쯤 후에 다시 와서 그 책들이 있는지 물어볼게요…. 솔직한 의견 고마워요. 안녕히 계세요!

나: 좋은 하루 되세요! (옆으로 돌아 선다; 반사적으로 손을 닦는다)

65

일요일, 오전 10시 5분

점퍼 속에 넥타이를 매고 고급 귀갑테 안경 너머로 응시하는 눈빛이 우스꽝스런 노신사: (비밀을 털어놓듯 조용하고 느린 말투로) 르 카레Le Carre의 신간이 들어왔다던데….

나: (기쁘게) 네, 맞아요! 재고가 있는지 잠깐 살펴봐드릴게요.

고귀갑: (경박한 표정으로) 아주 그냥 불티나게 (자세를 가다듬고) 판매되고 있나 보군요.

나: (가까스로 기쁨을 감춘다)

66

토요일, 오전 9시

오늘의 첫 손님은 우울해 보이는 유럽 여인. 부산스런 아이들이 뒤따라 들어오며 두 가지 전시물을 망가뜨린다.

우울유럽: 안녕하세요, 도움이 조큼 필요해요. (지친 한숨) 열 살짜리 여자아이에게 줄 선물 추천 좀 해주세요. (카운터 위의 책이란 책은 죄다 잡아보려고 수선 피우는 아이들을 못 본 체한다)

나: (벌써 아주 슬프고 일이 지겹다) 물론입니다! 어떤 여자아이죠? 책 읽기를 좋아하나요?

우울유럽: 잘 모르는 여자아이예요…. (다시 한숨) 그런데 요즘에 병원에 많이 있었는데…. (이쯤에서 내가 받아야 한다는 듯 말을 멎는다)

나: (지진 또는 들소떼의 습격을 소망하며) 아, 저런. (안타깝다는 뜻으로 얼굴 찌푸림) 어떤 것이 도움이 될 것 같으신가요? 기분을 좀 띄워줄 만한 게 좋을까요?

우울유럽: (정신적으로 아주 멀리 떨어진 곳에서) 모르겠어요….

암에 컬렸으니까 기분을 띄워주는 컷을 원하지 않을지도 몰라요…. 펼로 행복하지 않은 용감한 소녀에 대한 책… 그런 커 있을까요?

나: 아… 네… 생각 좀 해볼게요…. (절망에 빠져든다)

67

수요일, 오후 1시 15분

어쩔 줄 몰라 하며 몹시 격앙된 금발의 여인: 안녕하세요! 방금 전 여기 있었는데요!

나: 기억합니다… 어떻게 도와드릴까요?

어쩔격앙: 책을 잘못 줬어요. (20분 전에 사간《해리 포터와 저주받은 아이Harry Potter and the Cursed Child》를 꺼낸다) 이건 희곡이에요!

나: 오, 저런!

어쩔격앙: 발견하자마자 바로 운전대를 돌려 돌아왔어요! 진짜 책으로 교환되는 거겠죠?

나: (고통스러운 표정) 정말 죄송합니다…. 하지만 이게 진짜 책이어서요….

어쩔격앙: 어머나! 정말로요?

나: (양손을 깍지 낀다) 정말로요. 영국에서 상연 중인 연극의 대본집이에요.

어쩔격앙: (괴로워하며) 대체 왜 그랬대요?

나: (고개를 가로젓고 우수에 찬 얼굴을 한다) 저도 모르죠. 죄송

합니다. 다른 것으로 교환을 원하시나요?

어쩔격앙: (너무도 괴로운 표정으로) 아니, 아니에요…. 이게 진짜 책이라면 진짜 책인 거겠죠…. 읽어야 돼요! 하지만 너무나 슬프네요! 너무나 실망스러워요!

나: 죄송합니다. 저도 그래요.

어쩔격앙: (절망적으로) 재미있기는 한가요?

나: (부끄러운 표정으로) 저도… 잘 모르겠네요. 아마 그럴 수도 있겠고, 또 아마…. (어깨를 으쓱한다)

어쩔격앙: (여전히 괴로워하며) 희곡이란 말이죠?

나: (빙그레 웃는다) 맞습니다.

68

일요일, 오후 3시 25분

폴로 랄프 로렌 모자와 손질한 눈썹, 얼룩이 묻은 회색 대학 점퍼와 닳은 슬리퍼 차림의 몸짓으로 말하는 건달이 서점에 들어와 거울들이며 매장 구석구석을 살펴보다가 나와 눈이 마주친다.

나: (들어올 때부터 지켜보던 카운터 뒤편에서, 미소 지으며) 안녕하세요, 손님!

몸짓건달: (성난 소리를 낸다; 허공으로 두 손을 들어 올린다; 서점에서 나간다)

나: (난감하게 웃는다)

어떤 일이든 훈련이 필요하다; 시작부터 완벽할 수는 없다.

69

토요일, 오전 9시 30분

나: (전화를 받는다)

발신자글래디스: 안녕하세요? 글래디스예요.

나: 글래디스 씨, 안녕하세요? 어떻게 도와드릴까요?

발신자글래디스: 친구 하나가 몸이 안 좋아 입원해 있는데요, 아무것도 읽을 수가 없어서 고양이에 관한 재밌는 것들을 갖다 주고 싶어요…. 뭐 좀 있나요?

나: (붙임성 있게) 그럼요…. 고양이에 관한 재밌는 것들은 아주 많이 있어요.

발신자글래디스: 어떤 것들이 있나요? '고양이가 내게 가르쳐준 것들'이나 '고양이가 말하는 인생' 같은 그런 작은 것들이 있나요?

나: 《스웨터를 입은 고양이들Cats in Sweaters》이 있는데요…. 니트 점퍼 차림의 귀여운 고양이 사진들이 들어있고요….

발신자글래디스: (당황해서) 아, 그래요?

나: 그리고 《예술가들과 그들의 고양이들Artists and Their Cats》도 있습니다…. 유명 예술가들과 그들의 고양이들의

144

사진 모음집이죠…. 살바도르 달리Salvador Dali와 대단히 매력적인 고양이가 표지에….

발신자글래디스: (기가 막혀서) 오.

나: 《맞으면 앉는다 — 어색한 장소의 고양이들If It Fits I Sits: Cats in Awkward Places》도 있네요…. 타퍼웨어에 들어가 앉은 고양이들의 사진이 있고….

발신자글래디스: (충격을 받아) 오!

나: 또《고양이들의 아름다움The Beauty of Cats》과 인터넷 상의 최고 멋쟁이 고양이들을 모은《인스타그램의 고양이들 Cats on Instagram》도 있습니다. 이들 중 적당하다 싶은 게 있으세요? (열광적으로) 더 있습니다!

발신자글래디스: (근심이 역력한 목소리로) 아, 지금은 잘 모르겠어요. 좀 더 알아봐야겠네요. 내일 문 여시나요?

나: 열 시부터 네 시까지요.

발신자글래디스: 그때 가서 한 번 보는 게 나을 것….

나: 내일 뵐게요, 글래디스 씨!

발신자글래디스: (새침하게) 네. (전화 끊는다)

70

월요일, 오전 11시 40분

신용카드를 공격적으로 다루는 작지만 사나운 족제비 같은

여자: 그것만요! (카운터에 책을 던진다) 그리고 이걸로 계산
해야 돼요! (카드로 단말기를 친다) 하지만 금액이 얼마나 남
았는지 얼마나 썼는지 확실치 않아요!

나: 괜찮습니다, 한번 보죠. (책을 스캔한다) 29달러 99센트입
니다.

족제비여자: (카드를 단말기에 박아 넣는다)

나: (쾌활하게) 넵, 지불됐습니다.

족제비여자: (미친 듯 킬킬댄다; 이빨을 드러낸다)

나: (공포를 감추고자 미소 짓는다) 부자시네요!

족제비여자: (사납게) 나 부자 맞아요.

나: (따뜻하게) 좋으시겠어요!

족제비여자: (눈에서 붉은 빛을 발하며) 이건 그저 용돈일 뿐이
고! 나는 말예요… 돈이 훨씬 많아요.

나: (되도록 움직임을 작게, 천천히 유지한다) 네, 그러니까, 한도
가 없겠어요…. 마구 쓰셔도 되겠네요.

족제비여자: 되고말고요! (책을 집어 든다) 이건 시작에 불과

해요. 다음은 콜스! (서점을 빠져나가 콜스 쪽으로 간다)

71

금요일, 오후 3시

찰스 워터스트리트 Charles Waterstreet**를 연상시키는 재킷 차림의 X세대 알랑쇠:** 안녕하세요~ (쓸데없이 손가락으로 카운터를 두드린다)

나: (이 한심한 겉멋을 잔잔한 서비스의 바다로 다스려준다) 안녕하세요! 어떻게 도와드릴까요?

재킷알랑쇠: (자신의 멋진 접근이 좌절되어 짜증난 빛이 역력하다) 《2016 약물 편람Drug Handbook》있나요? 훑어봤는데 (세어가는 머리카락을 반지 낀 손가락으로 훑어본다) 못찾겠더라고요.

나: (검색한다) 아, 죄송합니다⋯ 있었는데 다 팔렸네요. 여러 권을 받지는 않아서⋯. 한 권 주문해드릴까요?

재킷알랑쇠: 와우.

나: (눈 깜박인다) 와우. 죄송합니다. 한 권 주문해드릴까요?

재킷알랑쇠: (그러라는 아무런 표시도 없이) 내가 대학에 다닐 때는 집마다 한 권씩 갖고 있었거든요. 뭘 먹으면 되는지 알 수 있게요.

나: (덤덤하게 미소 짓는다) 그래요?

재킷알랑쇠: (머리칼을 다시 흩트리며) 그래요. 아니, 요즘에는 대학에서 대체 뭘 하죠?

나: (새침하게 눈 깜박인다) 주로, 공부를 하죠.

재킷알랑쇠: (콧방귀 뀐다) 정말 따분하네요.

나: (다시 눈 깜박인다) 그렇죠. 한 권 주문해드릴까요?

72

토요일, 오전 10시

이마를 드리운 모랫빛 금발에 찰칵 닫히는 왕도마뱀의 공격적인 입을 가진 여인: 제인 하퍼Jane Harper의 《드라이 The Dry》주세요!

나: (최근의 휴가에서 얻은 고요한 평온감이 순식간에 슬픔과 짜증으로 대체되는 것을 느낀다) 안녕하세요! 잠시만요, 금방 갖다드릴게요. (범죄소설 구역으로 간다)

모랫빛찰칵: (불퉁거리며 따라붙는다) 재고가 없는 거 아니에요? 전혀 안 보이는데? (찰칵, 입이 닫힌다)

나: (눈 깜박인다) 여기 있네요! (책을 건네준다)

모랫빛찰칵: (화가 나서) 어디 있었어요?

나: (같은 말을 반복해야 함에 움찔하면서) 여기 있었는데요. (서가를 두드린다) 범죄소설 구역 H 밑에요. 변화를 주기 위해서였죠. (비밀을 털어놓듯 미소 짓는다)

모랫빛찰칵: (화가 더 나서) 알겠는데 왜 '여기' 있었냐고요?

나: (당황해서) 범죄소설 구역 말씀이신가요?

모랫빛찰칵: (분개하여) 그래요! (찰칵, 입이 닫힌다)

나: (이 상황 숙고한다) …범죄소설이기 때문에?

모랫빛찰칵: (격노하여) 그게 아니라! 왜 좀 더 눈에 잘 띄는 곳에 두지 않죠? 베스트셀러잖아요!

나: 오. (이 상황 소화한다) 아…. (찰칵, 입을 닫는다) 흠…. (물러선다; 이렇게 업무에 복귀했음을 절감한다)

73

월요일, 오후 4시 30분

돈을 만지기 전에 손가락에 침을 묻히는 복고풍의 삐딱한 여인: 프레드 바르가스Fred Vargas 책은 이것밖에 없나요? (카운터 위의 《아코디언 연주자The Accordionist》를 향해 고갯짓을 한다)

나: 글쎄요… 한번 찾아볼게요. (컴퓨터 검색) 네, 죄송하지만 이것뿐이네요. 신간이에요.

삐딱침: (삐딱한 표정으로) 흠, 뭐, 이거라도 사야죠. (손에 침을 묻히고 20달러짜리 지폐 두 장을 꺼낸다) 근데, 우스운 게요…. 이 작가의 책이 잔뜩 있었는데 처음에는 마음에 안 들더니 이제 너무 좋은 거예요.

나: (침 묻은 돈을 받으며 상냥하게 미소 짓는다) 그러게요, 재미있게도 때로 그런 일이 있더라고요….

삐딱침: 근데 저자가 여자란 걸 알고 나니 아주 흥미로웠어요. 여자 이름이 왜 프레드일까요?

나: (젠체하며) 아마도 돈 때문이겠죠…. 작품이 묵살되는 일을 막기 위해서요. (이 화제에 흥미를 느낀다) 진지하게 받아

들여지기 위해 여성 작가들이 남자 이름을 필명으로 쓴 역사가 제법 돼요. 조지 엘리엇George Eliot, 브론테Bronte 자매….

삐딱침: (끼어들며) 그래요, 맞아, 맞아, 나도 다 아는데요! 왜 하필 프레드냐고요?

나: 아, 네, 그렇군요…. (난처한 느낌) 음… 아… 좋은 질문이 세요.

74

화요일, 오후 2시 15분

줄무늬 셔츠와 슬리퍼, 칠부 진바지를 트렌디하게 차려입은 엄마가 어린 딸과 함께 다가온다: 이걸로 할게요. (무지개가 많이 그려진 어린이용 활동책을 건넨다)

나: (미소 지으며) 좋습니다! 재미있어 보이네요.

트렌디엄마: (진지하게) 저기 말예요, 아마 이런 말 많이 들었을 테지만, 얼굴이 정말 아름다우세요. 저쪽에서 보고 있었는데, 얼굴형도 그렇고… (엄지와 검지로 자기 얼굴 위에 가상의 선을 그려 보인다) 아름다운 얼굴이에요. (소리 내어 웃는다) 이런 말 해도 되죠? 아마 좀 이상하게 들릴 테지만. (소리 내어 웃는다)

나: (당황해하며 웃는다; 손사래 친다) 아니, 아니에요… 감사합니다… 정말 친절한 말씀이세요…. 꼭 기억할게요. 정말 멋진 칭찬이시고요, 늘 듣는 말 절대 아니에요.

트렌디엄마: 그냥 꼭 말씀드리고 싶었어요….

나: 네, 네, 다시 한 번 감사드립니다….

트렌디엄마: (진지하게 고개를 끄덕인다) 정말이지 아름다운 얼

굴이라···.

나: (얼굴이 붉어진다)

75

일요일, 오전 11시 15분

니트웨어 젖꼭지 부분에 랄프 로렌의 마상 골퍼가 올라타 있고 흐트러진 머리칼 한 올 없이 완벽하게 정돈된 헤어 스타일의 남자: 안녕하세요…. 혹시 앤드루 볼트Andrew Bolt 책이 있나요?

나: (본의 아니게 도와줄 수 없다는 스놀랙스Snorlax*의 미소를 띤다) 확인해보죠…. 신작은 매진된 것 같네요…. 배급사에 문제가 있었습니다.

젖꼭지헤어: 물론 내가 읽을 것은 아니고요…. 아버지가 아버지날 선물로 원하셔서요.

나: (여전히 스놀랙스 빙의 중) 아, 네, 죄송합니다. 재고가 없어요.

젖꼭지헤어: (전혀 동조가 없음에도) '위험한 사상 축제'에서 연설하는 것을 본 적이 있는데, 정말 흥미롭더라고요. (점잔 빼며 묵상함) 아주 중요해보였어요.

나: 아, '위험한 사상 축제'요…. 참 다양한 연사들이 집결했

---

* 포켓몬스터 캐릭터 중의 하나.

었나보군요! (멍하게 눈을 깜박인다)

젖꼭지헤어: 네, 훌륭한 축제였어요. 그럼 그냥 이걸 드려야 겠네요. (존 클리스John Cleese가 탈세 이주 중 펴낸 신간을 카운 터에 내려놓는다; 농담 예보) 두 사람 사이에 어떤 공통점도 없긴 하지만.

나: ('그러게나 말입니다'라는 말풍선이 둥둥 떠오르지만… 무참하게 터뜨려 없앤다) 존 클리스는 아주 재미있는 사람이죠. 24달 러 99센트입니다.

76

일요일, 오후 12시 5분

정말 유쾌한 여자 손님, 아들의 판타지 독서에 관해 나와 함께 길고 재미있는 대화를 나눈 뒤 카운터에 놓인 《넛셸 Nutshell》(이언 매큐언Ian McEwan이 태아에 인성과 〈오스트레일리언〉 사설의 정치관을 주입시킨 소설)**을 발견한다:** 저거 이언 매큐언 신작이죠?

나: 맞아요…. 팬이세요?

정유여: 광팬이에요, 그런데 이건 태아에 대한 이야기 아니에요?

나: 네, 그리 좋은 생각은 아닌 듯해요. 하지만 일단 유명해지고 나면 사람들이 많이 받아주니까요.

정유여: (사려 깊게) 그 점을 사람들에게 경고해줘야 될 것 같아요.

나: 불편한 소재일 수도 있다는 점 말씀인가요?

정유여: 글쎄… 태아를 의인화한다는 건… 꽤 예민한 주제니까요.

나: 종교적으로 말씀이세요?

정유여: 아니, 그건 아니고, 태아권이라든가 그런 것들 차원에서요. 낙태를 해본 여자의 관점에서… 저 낙태 한 적 있어요… 상당히 불편해요. 게다가 조이Zoe 법이라거나 뭐 그런 것들도 있잖아요. 태아를 의인화하는 건 태아에게 권리를 부여하는 움직임의 큰 부분이에요.

나: (완전히 당황해서) 저런, 저는 거기까지는 생각도 못 했네요.

정유여: (너무나 친절한 미소를 지으며) 뭐, 그게 핵심이잖아요?

나: (서글프게) 그렇죠.

77

토요일, 오전 10시 20분

건장한 체구에 우아한 차림의 북잉글랜드인 남자, 화를 애써 누르고 있다: (힐러리 클린턴Hillary Clinton의 《무슨 일이 일어난 거지?What Happened》 한 권과 시드니 하버 브리지가 그려진 싸구려 크리스마스카드를 갈색 종이봉투에서 꺼낸다) 크리스마스 선물이 겹쳤어요, 책도 그렇고 카드도요…. 이미 샀는데 선물을 받은 거죠… 환불해주세요. (신용카드를 날렵히 꺼내 카드 단말기를 위협한다)

나: (조심스럽게; 당황하여) 아, 저런, 그렇군요… 카드까지요! 안타깝게도 저희는….

건장우아: (내 말을 자른다; 손가락을 내 얼굴에 들이댄다) 환불이 안 된다는 말은 하지도 말아요! 호주 소매업계에서 5년을 일한 사람이에요, 내가, 그래서 법적으로 환불이 보장된다는 걸 아니까… 카드에 환불해주세요, 얼른요!

나: (얼굴에 들이댄 손가락에 의해 촉발된 의외의 분노에 휘청댄다; 뇌에서 스리라차 소스가 뿜어 나오고 턱관절이 앙다물어지고 양손 주먹이 꽉 쥐어진다) 죄송합니다… 환불은 불가능합니다. 대신

교환 또는 상품권….

건장우아: (또 내 말을 자른다) 살 때 분명히 된다고 들었어요!

그리고 나는 환불이 안되는 데서는 물건을 안 산단 말이에

요! (내 얼굴에 더 가까이 들어온다; 이마 위의 핏줄이 꿈틀거린다)

나: (마음을 가라앉히려고 시선을 돌려 '건장우아'의 영수증을 확인한

다; 호흡 속도를 늦춰본다) 죄송합니다, 교환이나 상품권은….

건장우아: 아니, 그걸로는 안 된다니까요! 이제 곧 귀국하거

든요…. 내가 여기 출신이 아니에요…. 내가 원하는 건 (파

고든다) '환-불'이고 그건 법이 보장하는 권리예요! 내가

호주 소매업계에(손가락 네 개를 치켜든다) '4년'이나 있었는

데, 이런 일은 천 번도 넘게 경험했다고요…. 필요하다면

어떤 조치를 취해야 하는지도 다 알아요. (숨을 내쉰다; 들끓

는다) '법'을 안다 이 말이에요!

나: (호주 소매업계 경력에 대한 4년과 5년 사이의 오차를 눈치챘다;

책과 카드 둘 다를 '건장우아'가 사고 또 선물 받았다는 건 불가능하

다는 것도 마찬가지다; '건장우아'가 허풍을 떨고 있다는 것을 안다;

화를 억제하고 침착함으로 돌아간다) 교환 또는 상품권으로만

가능합니다. 저희는 환불은 안 해드립니다.

건장우아: (또 다시 파고든다) 해야 돼요, 법적으로….

나: (아이들에게 공격받는 수영장 장난감처럼 온화한 회유성의 미소

를 띠며 덩달아 파고든다) 물건에 하자가 있거나 목적에 부적
합할 때를 제외하고는 환불 의무가 없습니다. 만일 책에
낙장이 있거나 저희가 힐러리 클린턴이 아닌 트럼프의 전
기로 판매했다면, 그렇다면 이유가 성립되겠죠. 현 상황에
서는 제가 상품권을 드리거나, 아니면 손님이 다른 물건으
로 교환하실 수 있습니다.

건장우아: (한 발짝 물러선다; 얼굴이 더욱 붉어진다) 그런 정책은
어디 적혀있죠?

나: ('건장우아'의 영수증을 들어올린다) 받으신 영수증 하단에
적혀있습니다. (침착하고 정연한 음성으로 읽어준다)

건장우아: (으르렁댄다) 말도 안돼요! 나는 (삿대질) 법이 보장
하는 (삿대질) 내 권리를 알아요! (특히나 긴 삿대질)

나: (기다린다)

건장우아: (노려본다)

나: (무표정; 기다린다)

건장우아: (믿을 수 없다는 듯) 그래서 환불 못 해주겠다?

나: (무표정) 네.

건장우아: (이제 매달려본다) 저기, 크리스마스 서비스치고 너
무하지 않아요?

나: (진지하게) 그렇다면 유감입니다. 상품권을 드릴까요, 아

니면 다른 물건으로 바꿔가시겠어요?

건장우아: (노동자들 앞의 손튼Thornton처럼, 상처 입은 독선에 위축되어) 그것 말고는 없는 거예요?

나: 네.

건장우아: (분개한 몸짓으로 '상품권으로 주세요'라는 의사표현) 이대로 물러나지 않을 거예요…. 어떻게 해야 할지 내가 정확히 다 아니까!

나: (상품권을 발행한다; 서명할 곳을 '건장우아'에게 알려준다) 알겠습니다. 상품권 여기 있고요, 영수증에 반드시 서명하시기 바랍니다. 이 거래의 기록으로서 하단에 제 서명도 있습니다.

건장우아: 형씨, 내가 이런 걸 천 번은 해봤는데… 식은 죽 먹기라고.

나: (고개를 끄덕이고 미소 짓는다) 행운을 빌겠습니다.

건장우아: (상품권을 들고 서점을 박차고 나간다)

나: (문밖으로 나가 모퉁이를 도는 모습을 미소 지으며 바라본다; 기진맥진하다; 앙다문 이 사이로 숨을 내쉰다; 카운터를 주먹으로 내리친다; 표정을 가다듬는다; 줄 선 손님들에게 미소 짓는다) 다음 손님 오세요!

78

일요일, 오전 10시 15분

푸른 벨루어 후디 차림의 아주 근엄한 열 살 소년: (수줍게) 안녕하세요.

나: (눈 반짝이며) 안녕. 도움이 필요하니?

근엄열살: 저기요…. (잠시 심각하게 생각한다) 새로 나온《해리 포터》책이 정확히 무엇인지 알려주시겠어요?

나: (서글프게) 그건 희곡이란다…. 현재 런던에서 상연 중인 연극을 책으로 쓴 거야.

근엄열살: (얼굴을 찌푸리며) '대본'이라고요?

나: (안됐다는 표정을 한다) 대본이야.

근엄열살: (충격을 받아) 왜요?

나: 좋은 질문이야. 그래, 좋은 질문이지.

79

월요일, 오후 5시 25분

흑백 줄무늬 톱에 어두운 색 카디건을 입고 귀족적인 기다란 코에 걸쳤던 날개 모양 선글라스를 이마 위로 올려 잿빛 앞머리를 능란하게 고정시키는 여자: (침착하고도 피곤한 목소리로) 안녕하세요, 아직 영업 중이죠? 패티 스미스Patti Smith의 《M 트레인》 있나요?

나: (기쁘게) 네! (자세를 가다듬고 나른한 루 리드Lou Reed 풍의 태연자약을 최대한 흉내낸다) 으흠, 그러니까, 네. (눈을 내리깐다: 주머니에 손을 넣는다) 네, 있습니다.

80

토요일, 오후 12시 30분

나: (아버지 날에 팔 물건들을 한더미 쌓아놓고 포장용 작업대에 앉아
있는 중)

뇌가 달걀 속보다 물컹한 금발 여인이 내 어깨 뒤쪽에서:
어머어어낭, 뭐 하시는 거예요오옹?

나: (남몰래 움찔한다; 반쯤 몸을 돌린다) 선물들을 포장하고 있
는데요.

달걀금발: 아유! 아주 잘하시네요!

나: (시큰둥하게) 감사합니다. (잘하는 일을 계속한다)

달걀금발: 갑자기 뭔가 포장을 하고 싶어지네요!

나: (희미하게) 음, 저, 포장이 필요하면 말씀하세요…. 무료입
니다.

달걀금발: 아유! 이야! 어떻게 하면 되나요? 그냥 요청만 하
면?

나: (리본을 묶으며) 맞습니다. 하지만 먼저 뭔가 사셔야죠.

달걀금발: 뭘 사야 되는데요?

나: (포장에 속도가 붙는다) 저, 여기는 서점이니까… 책을 사시

면 되겠지요?

달걀금발: 멋진 생각이에요! 책 산 지 정말 오래됐는데! (연극적으로 생각한다) 뭘 사야 하나?

나: (명랑하게; 포장하는 가슴 속에는 증오심을 품고) 가서 좀 둘러보시면 원하시는 게 뭔지 떠오르지 않을까요? 그리고 준비되면 제게 오시고요?

달걀금발: 그럴게요! 아유, 신나라! (서가를 향해 룰루랄라)

나: (포장을 마친다; 점심시간이다; 양손에 머리를 파묻는다)

81

토요일, 오전 10시 5분

온통 파란색으로만 차려입은 매우 연로하고 아주 괴상한 카멜레온 할머니(연괴카할). 카운터 뒤편의 내게 진격하듯 와서 아주 빠르게 말하기 시작한다.

연괴카할: 엄마와 아기에 대한 책이, 오로지 엄마와 아기에 대해서 그리고 그들이 삶에서 함께하는 일에 대해 쓴 책이 필요해요. (한쪽 눈으로 먼저, 이어서 다른 눈으로 내 얼굴에 초점을 맞춘다)

나: (눈을 깜박이면서 정보를 다운로드한다) 그러니까 아기가 있는 엄마에 대한 어린이용 책을 원하시는 거죠?

연괴카할: 그래요. 그들이 뭘 함께 하고 일상적인 의미에서 그게 어떻게 진행되는지에 대한 책인데, 다만 아이용이어야 돼요. (양쪽 눈이 따로 움직이는 경향)

나: (굉장히 열심히 궁리한다) 그러니까 엄마와 아기에 대한, 그리고 엄마와 아기가 뭘 함께 하는지에 대한, 어린이를 위한 책…? (이 언어의 에셔Escher 식 속임수 기법은 누구에게도 어

떤 것도 해명해주지 않는 듯하다)

연괴카할: (한쪽 눈으로 먼저, 이어서 다른 눈으로 초점을 맞춘다)

나: (진땀이 나기 시작한다; 떠오르는 생각에 필사적으로 매달린다)
엄마가 아기를 낳는 것에 대한 어린이용 책 말씀이신가
요? 다시 말해서 동생을 얻는 것에 대한 책?

연괴카할: (실눈을 뜬다) 그게 아니고, 엄마가 공원에도 데리고
가고 유모차도 밀어주고… 자기를 어떻게 보살펴주는지
그런 것들에 대한, 아기용 책 말이에요. 그런 책이 있나요?

나: (공기가 답답해지는 느낌) …두루두루? (정신을 가다듬는다)
그러니까, 엄마들이 아이들을 두루두루 어떻게 돌보는지
그런 거?

연괴카할: 그게 아니고, 평범한 엄마와 아기가 평범한 날에
서로를 보고 웃으며 유모차를 타고 공원에도 가는 그런 거.

나: (정신적 중력 상실) 우와… 그러니까 아기와 엄마의 일상의
순간에 대한, 아기를 위한 책…. (아득해진다) 이를테면 아
기를 위한 제임스 조이스James Joyce?

연괴카할: (한쪽 눈 먼저, 이어서 다른 쪽 눈)

나: (공중으로 흩어지는 느낌) 그런 책은 없는 것 같네요….

연괴카할: 네, 괜찮아요. 없을 거라고 생각했어요.

171

82

일요일, 오후 12시 10분

안쪽 사무실에서 조용히 편안한 마음으로 납품 준비를 하고 있는데 카운터 벨이 울린다. 나가보니 동료인 스테프가 일본 공포영화 〈링The Ring〉 영어판에서 보트 너머로 뛰어내리는 말의 미친 듯 돌아가는 눈을 가진, 팽팽한 신경에 불안한 느낌이 도는 여자 손님과 한판 벌이고선 내게 구조 요청을 보낸 것이다.

스테프: (평상시의 정중하고도 사무적인 어조로) 교환이나 상품권만 가능하고 현금 환불은 안 된다고 말씀드렸는데, 환불을 원하세요. (자리를 비켜준다)

나: 그렇군요. ('조인말'을 향한다) 어떻게 도와드릴까요?

조인말: (목이 멘 듯, 성난 소리로, 바쁘게) 남편이 어제 이것들을 샀는데 (합쳐서 30달러가 안될 아기용 책 세 권을 가리킨다) 판매한 여직원이 마땅치 않으면 환불받을 수 있다고 했다니 환불해주셔야 해요, 왜냐면 이 책들은 맞지도 않고 본래 주려고 의도했던 사람들이 이미 갖고 있는 책이라 완전

실패라니까요! (눈알이 돌아가고 목 근육이 급속히 꿈틀거린다)

나: (차분하게, 친절하게) 제가 어제 손님 남편분께 이걸 판 사람이고요 (회색 티셔츠에 입이 헤 벌어진 멍텅구리를 떠올린다) 환불은 안 된다고 말씀드렸습니다. 그 대신 다른 상품으로 바꿔드릴 수 있고 교환용 상품권을 발행해드릴 수도 있습니다.

조인말: (목소리에 눈물이) 하지만 쓸모가 없다고요! 환불받을 권리가 제겐 있어요!

나: (한숨을 쉰다) 환불받을 권리는 물건에 하자가 있거나 판매시….

조인말: (울컥; 숨을 참는다)

나: (다시 한숨을 쉰다) …이번에는 환불해드리죠, 하지만 다음에는 안 되는 거 기억하세요.

조인말: (코를 훌쩍이며) 오, 고마워요! 정말 감사합니다!

나: (피곤한 미소) 괜찮습니다.

조인말: (맹렬히) 정말이지 '친절'하세요. (다시 숨을 참는다) '감사'합니다!

나: (메스껍다) 괜찮습니다. 이제 기분이 좀 나아지셨어요?

조인말: 아, 당연하죠! 감사합니다! (눈물 젖은 눈으로 미소 짓는다)

83

병균

어린 아들이 코를 훌쩍이며 지켜보는 가운데 콧구멍이 무척 빨간 기진맥진한 엄마가 《탱크 기관차 토마스Thomas the Tank Engine》를 카운터에 내려놓는다.

나: (헤헤거리며 《토마스》 책을 집어 들고 스캔한다) 엄마분이랑 아이가 모두 힘든 한주를 보내신 것 같네요.

기진콧구멍: (끈적거리는 목소리로) 네, 둘 다 아팠어요…. 특히 아이가 엄청 고생했어요! 집에만 있으니까 너무 답답해서 오늘은 작정하고 나온 거예요! (닭고기 수프 비슷한 것을 입으로 들이마신다)

어린훌쩍: (엄마 다리를 붙잡고 있던 손을 카운터 앞쪽으로 뻗는다; 입을 벌리더니 이빨로 나무를 긁는다)

나: (못 박힌 듯 서서 '어린훌쩍'이 카운터에 점액질을 처바르는 모습을 지켜만 본다)

***

기력이 하나도 없어 보이는 남자아이를 유모차에 싣고 온 영국인 엄마가 미안한 기색으로 그림책을 건넨다: 안녕하세요. 유모차 끌고 와서 미안해요…. 아이가 많이 아파서요, 기운을 좀 돋워주려고요.

나: 괜찮습니다! (어쩔 수 없이 아픈 아이에게 다가서서 책을 스캔한다) 올해 아주 지독한 감기가 돌더라고요. 날이 몹시 더웠던 걸 생각하면 이상한 일이에요.

영국엄마: (미안해하며) 성홍열에 걸린 거예요…. 방금 병원에 가서 항생제를 받아왔어요.

나: 우와, 성홍열! 무슨《제인 에어Jane Eyre》시댄가요? (아픈 아이의 책을 봉투에 담는다)

영국엄마: 그러게요, 의사 말로는 병이 다시 돈다네요.

나: (정겨운 미소) 아이를 데려와 주신 것에 감사드려요.

영국엄마: (미안해하며) 아, 방금 항생제를 먹어서 아마 이제 전염성은 없을 거예요.

84

화요일, 오전 9시 30분

요가복을 입고 수선을 떠는 여자: 오! (요란하게 숨을 헐떡인다) 정말이지 책이 너무 좋아요! (몸부림친다)

나: ….

수선녀: 오! (안구 돌출)

나: (어쩌랴) 음, 책은 정말 좋죠?

수선녀: 책은. 정말. 좋아요. 최고예요!

나: 혹시 특별히 찾으시는 책이 있으세요?

수선녀: 오! 오늘은 아니에요…. 방금 요가 수업이 있었거든요.

나: ….

수선녀: 그냥 들어와서 책들을 보고 싶었어요.

85

일요일, 오전 10시 30분

나: (전화를 받는다)

오전 10시 30분에 전화선 건너편까지도 확연히 들릴 만큼 텔레비전을 요란하게 틀어놓은 캐시: (텔레비전 소리 너머로 외친다) 안녕하세요, 여기 캐시 T.예요.

나: 캐시 씨, 안녕하세요? 어떻게 도와드릴까요?

텔레캐시: (높고 딱딱거리는 진짜배기 브룩베일 억양으로) 메시지를 받았는데요…. 내 책이 도착한 모양인데!

나: 알겠습니다, 캐시 씨, 확인해드릴게요…. 제목이 뭐죠?

텔레캐시: (텔레비전 소리 너머로 외친다) 재키 콜린스Jackie Collins 책이에요!

나: (덩달아 텔레비전 소리 너머로 외친다) 어떤 건지 아세요?

텔레캐시: 네,《섹시한 폭력배, 섹시한 돈, 섹시한 집, 섹시한 섹스가 연루된 길고 긴 시리즈》의 최근작이에요!

나: (쾌활하게, 계속 외친다) 넵, 도착했어요, 캐시 씨!

텔레캐시: 좋아요! (쩝쩝거리며, 생각한다; 계속해서 외친다) 오후에 찾으러 갈 수 있을지 잘 모르겠어요! (내가 안 된다고 할

줄 알았는지, 공격적으로) 다음 금요일까지 보관해주실래요?

나: (손가락으로 한쪽 귀를 막으며) 걱정 마세요, 캐시 씨! 천천
히 오세요! 2주간 보관하도록 되어있으니까, 서두르지 않
으셔도 돼요!

텔레캐시: (안심시키려는 내 어조를 수상쩍게 여긴다) 없애버리지
않는 거죠?

나: (머리를 한쪽으로 기울인 코카투 같은 캐시가 의심에 찬 비늘눈으
로 수화기를 노려보는 모습을 떠올리지 않을 수 없다) 그럴 리가
요! 다음 주에 오셔도 찾아가실 수 있어요!

텔레캐시: (다시 명랑해진다) 아우, 다행이네! (비밀을 털어놓듯)
이런 책 정말 좋아해요! 범죄와 섹시한 것들이 짜릿하게
버무려져 있거든요! 쓰레기지만, 너무 재미있어요!

나: (큰 소리로) 정말 재미있게 들리네요! 그리고 쓰레기도 필
요한 거죠…. 균형 잡힌 독서의 한 요소고요.

텔레캐시: (애교를 떨며, 요란하게) 아우, 그쪽도 섹시한 것들이
들어있는 책들 좋아하시나보당!

나: (닥터 히버트처럼 키득거린다) 캐시 씨, 저 이만 끊을게요….
좋은 하루 보내세요!

텔레캐시: (킬킬거리며) 좋아요, 아주 좋았어요! 다음 주 금요
일에 갈게요!

86

토요일, 오전 11시 25분

해변에 휴가를 나온 안젤라 카터Angela Carter처럼 두터운 아이라이너에 매우 점잖은 밀짚모자를 쓴 영국인 할머니:

(팔팔한 말투) 안녕하세요! 제이미 올리버Jamie Oliver의 새 책 있나요?

나: 네, 있습니다. (갖고 온다) 아주 평이 좋더라고요.

해변카터: 네, 내가 아니라 남편 줄 거예요. (우습고도 쌉쌀한 표정) 결혼생활 40년 만에 느닷없이 망할 놈의 요리에 재미를 붙이네요.

나: (할 말을 잃음)

87

토요일, 오전 9시 15분

얼굴만 친절해 뵈는 여자: 안녕하세요…. 혹시 매니저 계시나요?

나: 아뇨, 죄송합니다, 오늘은 없는데요…. 특별히 도움이 필요하신 일이 있으신가요?

얼굴만친절: 제대로 된 추천이 필요해요. 그래서 매니저에게 부탁하는 것이 좋지…. (말을 하다가 만다)

나: 그러시군요, 네. (이해한다는 표정) 하지만 혹시 제가 도와드려도 될까요? 다른 분에게 드릴 선물을 찾으세요?

얼굴만친절: (입술을 오므린다) 사실 친구에게 줄 건데… 책을 한 권 주고 싶어서요…. 반년 전에 아들을 잃은 친구라 슬픔을 극복할 수 있을 뭔가가 있으면 좋겠다 싶거든요.

나: 아, 저런… 정말 안 되셨네요….

얼굴만친절: (못 견디겠다는 듯 꿈틀거린다) 그래요… 정말이지 젊었거든요… 스물셋이라던가….

나: (여전히 몹시 안되어하며) 친구분 충격이 크시겠습니다.

얼굴만친절: 네, 아직도 무척 슬퍼하고 있죠. (눈썹이 올라간다)

나: (어조에 살짝 당황하여) 그러니까, 아, 어떤 것이 도움이 될 것 같으세요?

얼굴만친절: 아, 그냥 슬픔에 대한 거요. (갈수록 못견뎌하고 있다) 앞으로 나아가는 데 도움이 될 만한 거요!

나: (급격한 기어 변속) 서로 가까우세요?

얼굴만친절: 네?

나: 가까운 친구 사이세요? 이런 질문은 죄송하지만… 어떤 게 적합할지 생각하는 중인데… 이런 책을 고른다는 것은 무척 민감한 일이잖아요…. 쓸 만한 제안을 드리고 싶어요.

얼굴만친절: 아, 뭐, 그렇게 가깝지는 않아요…. 내 밑에서 일하거든요.

나: (끔찍한 의심이 올라온다; 금세 눌러 없앤다) 알겠습니다. 몇 가지 추천드릴 책이 있어요. 슬픔에 대한 아주 아름다운 회고록들도 있고, 시모음집도 도움이 될지 모르겠네요…. (카운터 뒤편에서 나온다)

얼굴만친절: (입을 앙다문다; 짜증스런 표정) 그냥 도움이 될 뭐 없어요?

나: (눈 깜박이며) 아, 아마도요… 글쎄요, 때로는 타인의 슬픔에 관해 읽으면 도움이 될 수도 있…

얼굴만친절: 선물용 도서 뭐 그런 건 어떤데요? 그냥, 이제

그만, 털고 나아갈 수 있게 도와줄 조그만 그런 거요!

나: (의심이 다시 올라온다) 알겠습니다… 잠시만 생각해보고요…. 어떤 게 적절할지 감이 잘 안 잡혀서요.

얼굴만친절: (짜증스런 표정; 전화기를 들여다본다)

나: (숨을 들이쉬면서) 책에게 뭘 바라세요?

얼굴만친절: 네?

나: 제가 궁금한 것은, 이 책이 어떤 역할을 해주기를 원하시는지….

얼굴만친절: (쩔쩔맨다) 그녀가 이제 그만 잊어버렸으면 해요. 내 말은, 이미 한참 지난 일인데, 아직까지 헤매고 있거든요! (다 안다는 표정) 허우적대고 있는 거죠…. 건강해보이지 않아요.

나: (처음부터 다시 해독해본다) 그러니까 반년 전 아들을 잃은 직원분의 애도 과정을 가속화해줄 책을 찾고 계신다?

얼굴만친절: 그래요, 뭔가 조그만 것으로요…. 그런 책 있어요?

나: (얼굴, 납빛이 된다) 아뇨, 그런 책은 없을 것 같네요. 정말 생각나는 게 없어요.

얼굴만친절: 매니저분께 여쭤보는 게 나을까요?

88

일요일, 오후 3시 10분

키가 작고 유쾌하고 밭장다리인 런던 토박이 아빠와 아들 셋이 하나같이 납작모자를 쓰고서 마치 밥 호스킨스Bob Hoskins 바부슈카 인형 세트처럼 까불거리며 들어온다.

명랑납작모자아빠: 안녕하세요, 형씨! 테리 프라-칫* 책 좀 있소? 여기 조지에게 읽히려고 하는 중이오. (여기 조지에게 고갯짓)

나: (기쁘게) 넷!

런던 토박이들에게 '까붊'은 집합명사나 마찬가지다.

---

* 테리 프래챗Terry Pratchett.

89

토요일, 오전 10시 20분

유수 인터넷 투자개발 기업의 로고가 찍힌 후디 차림의 유쾌하고 기운찬 얼굴의 남자, 이미 실리콘 밸리 동글이거나 또는 동글이 되기를 희망하고 있는 분위기: 안녕하세요!《잘 자요 달님Goodnight Moon》있어요?

나: 안녕하세요! 찾아볼게요…. 아, 죄송합니다. 막 다 팔렸네요.

유쾌동글: 괜찮아요! (서가를 둘러보고는 다른 아기용 책들을 갖고 돌아온다; 내가 계산하는 것을 지켜본다) 요즘 장사는 어떠세요?

나: (미소 짓는다; 갑자기 그가 밉다) 사실 요즘 좋은 편이에요! 아마존이 들어와 쑥대밭으로 만들기 전의 마지막 호황이겠죠. (눈을 반짝거린다)

유쾌동글: 네, 그렇군요…. 그래도 이 서점은 괜찮을걸요… 포장도 하고 그러잖아요….

나: (그의 돈을 받는다) 오, 그럼요…. 우리가 지역사회에서 하는 일들이 인정받을 수 있기를 희망해야죠. 하지만 다….

유쾌동글: (유쾌한 미소를 지으며) 여기는 괜찮을 거예요!

나: (가학적으로 말을 잇는다) …아마존이 여기서 노동비용을 얼마나 절감할 수 있는지, 재고에서 얼마나 손실을 볼 의향이 있을지, 그런 것들에 달려있겠죠…. 그리고 현 정부의 유연성을 고려할 때 전망이 좋지는 않아요.

유쾌동글: (이념 충돌을 감지한다) 뭐, 그거야 여기 물건이 얼마나 더 비싸냐 하는 문제겠죠…. 사람들이 서점에서 책을 살 때 20퍼센트는 더 낼 용의가 있을지라도 50퍼센트라면 힘들지 않을까요….

나: (계속 부딪쳐본다) 저희 이익은 이미 아주 작아요. 따라서 10에서 20퍼센트만 떨어져도 문을 닫게 되거나 심한 타격을 입을 거예요. 아마존의 영업행태를 생각해보면, 아마 훨씬 더 나쁠 걸요. 낙관하기가 힘들어요…. (동글의 책들을 봉투에 담는다) 그래도, 뭐, 저희 선물포장은 썩 훌륭하잖아요? (눈 반짝인다; 책들을 건네준다) 물어보신 게 후회되시죠?

유쾌동글: (어색하게 웃는다) 어쨌든 행운을 빌게요!

나: (미소 짓는다) 손님도요!

90

금요일, 오후 2시 25분

나: (점심 후 몽롱한 상태에서 카운터 위의 책들을 스캔한다; 논문을 쓰느라 바쁜 한 주를 보냈기에 뇌가 진흙 뭉텅이 같다; 상냥한 노부인 손님에게 대충 웃어 보인다) 29달러 99센트입니다.

번쩍거리는 의치 탓에 전혀 다른 얼굴이 된 단골손님 수전: (환하게 웃는다) 안녕하세요! 잘 지냈죠? 박사학위는 어떻게 돼가나요?

나: (디스코 볼처럼 휘황한 새 치아 때문에 '단골수전'을 못 알아본 것에 당황하여) 아, 수전 씨셨네요! 죄송해요! 제가 못 알아봤네요, 저기… (어색한 상황을 불러올 수 있을 의치에 대한 언급 임박과 함께 긴급 고객서비스 시스템을 가동하여 언어, 인지, 운동 기능 장악하고 보다 안전한 대체 신체적 지시대상을 찾아 검색작업에 돌입; 발견; 대체물 발진) 머리가 달라지셨군요! 좀 짧아졌죠? 아주 잘 어울리세요!

단골수전: (또 환하게 웃는다) 아, 고마워요! 처음에는 적응이 잘 안 되더라고요.

나: (깊이 안도하여) 시원하실 것 같아요! (눈을 반짝인다)

단골수전: (기뻐하며) 맞아요! 이번에 좀 질렀죠…. 안경도 새로, 머리도 새로, 그리고 이도 새로 해 넣었어요. (의치를 드러내 보여준다)

나: (벌레처럼) 그러셨어요? 우와!

91

토요일, 오전 11시 45분

여덟 살에서 열한 살쯤의 꼬질꼬질한 남자아이 셋을 거느린 성난 맹수 같은 엄마가 소리를 질러대며 서점에 들어와 하필이면 내가 물웅덩이의 땅나무늘보처럼 서가 정리를 하고 있는 어린이 책 구역으로 진입한다.

맹수엄마: 《퍼시 잭슨Percy Jackson》 책들은 어디 있어요?

나: (초식동물처럼 눈을 깜박이며) 바로 여기요. (우리가 선 거의 바로 그 지점의 서가를 톡톡 두드린다; '맹수엄마'와 '꼬질아이들'이 나를 밀어대며 쳐들어온다)

맹수엄마: 제5편은 어디 있어요?

나: (대답하려는 순간 '꼬질아이들' 하나 또는 몇인가가 조용히 그러나 묵직하게 방귀를 뀐다; 퍽 오랫동안, 퍽 넓은 공간을 점유하는 한숨 같은 발산) 흡. (입을 다문다; 냄새구름 밖으로 한 발짝 물러선다)

맹수엄마: (내게로 다가온다; '꼬질아이들'과 냄새구름도 따라서 다가온다) 어떤 거예요?

나: (모쪼록 연구개를 보존하고자 코를 킁킁거린다) 흐읍, 크으응…

잠시만요. (강력한 독소를 피해 뒷걸음질을 친다)

맹수엄마: (내게로 다가온다; '꼬질아이들'과 구름도 마찬가지; 짜증난 기색 역력하다) 뭐 다른 할 일 있으세요?

나: 아, 하하, 아니… 죄송합니다… 아…. (악취 사이로 눈 깜박이며) 아이들 중 하나가 방금 방귀를 뀌어서 그저 냄새를 좀 피하느라고요.

맹수엄마: (격노하여) 아, 맙소사, 맥스! 여기서 방귀 뀌지 말라고 내가 말했지!

맥스: (분하다는 듯, 목이 눌린 새된 소리로) 아이, 어쩌라고요, 엄마! 못 참겠는걸!

나: (제정신을 잃는다; 배꼽 잡고 웃는다)

92

일요일, 오전 10시 5분

마치 여송연을 씹는 듯한 매서운 눈초리의 운동복 차림 노

부인: 《크리스마스 전날 밤The Night Before Christmas》 있어
요?

나: (대화 중인 손님에게서 잠깐 눈을 돌려) 잠시만 기다려주세요.

마치여송연: (분노로 들끓는다; 씹는 시늉만으로는 부족한지 커다란
초밥 한 덩이를 입에 넣고 씹는다)

나: (다른 손님을 마저 도와드리고) 자, 《크리스마스 전날 밤》이
셨죠? 지금 재고가 없는데요….

마치여송연: (헬렌 가너Helen Garner에 제대로 빙의하여 '빌어먹을
젊은이, 당신은 분명 거짓말쟁이에다 살인자일 거야!'라고 말하는 표
정으로 나를 노려본다) 크리스마스 책이 뭐든 있나요?

나: (가너 표정에 움찔하며) 아직은요, 없네요…. 지금이 11월
초니까 곧 들어오기 시작할 것 같아요.

마치여송연: (아랫니에 엄청난 양의 김이 낀 채로, 지독하게 무섭게)
언제 들어올 건데요?

나: (화만 돋우는 막연한 대답; 하릴없이 머리를 만진다) 아, 잘 모르

겠네요… 아마 3주쯤 후요?

마치여송연: (당연히 분노로 들끓는다) 아주 무례하군요.

나: (아주 지브스 집사*처럼) 아, 그렇게 느끼셨다니 유감이군요. 초밥은 맛있으세요?

마치여송연: (자세를 가다듬고 퍼부을 준비에 돌입한다)

나: (몸을 돌려 자리를 뜬다)

---

* P.G. 우드하우스Wodehouse의 코믹 단편소설《지브스Jeeves》시리즈의 주인공.

93

수요일, 오후 12시

그을린 살갗, 북슬북슬한 머리의 괴상한, 더없이 얄팍하고 경박한 캘리포니아 산물: 안녀어어어엉하세요! (스포티파이의 '팔로 알토' 플레이리스트만큼이나 길고 호사스런 미소를 짓는다)

나: (터무니없는 대화에 대비하며) 안녕하세요! 어떻게 도와드릴까요?

북슬캘리: 저기 뭐더라, 머그들이 있던데? 옆에 글자들이 적힌 것들요?

나: 네, 있습니다!

북슬캘리: (얼굴을 찌푸리고, 아마도, 샌들 속 발을 꼼지락거려 발가락 반지를 돌리려고 잠시 멈춘다) 이야!

나: (상냥하게 눈을 깜박이며 기다린다)

북슬캘리: (양팔을 머리 위로 올리고 만족스럽다는 소리를 낸다) 다른 글자들도 있나요?

나: 아, 아니요, 죄송합니다만, 좀 드문 것들만 남았어요… 알파벳 뒤쪽 글자들요, Q처럼.

북슬캘리: (망연히) 오. T가 필요한데.

나: T는 죄송하지만 없어요…. Y하고 I, 그리고 Q뿐이네요.

북슬캘리: 흠. (판토마임 배우의 생각하는 표정을 짓는다) 톰에게
줄 거예요…. Q가 T하고 좀 비슷하죠? 어떻게 생각하세
요?

나: Q가 T 같냐고요?

북슬캘리: (환하게) 네에!

나: (잠시 양심과 싸운 다음) 아뇨, 죄송하지만 안 그런 것 같아
요.

북슬캘리: 오, 괜찮아요! (명랑하게 나간다)

나: (잠시 서가에 기대어 자신을 수습한다)

94

일요일, 오전 10시 50분

눈빛이 날카로운 어린 소년이 《상어SHARKS!》라는 제목의 책을 카운터에 올려놓는다.

나: 이거 한 권이니?

상어소년: 네… 제가 가장 좋아하는 '상어들'에 관한 책이에요! (눈이 이글이글 타오른다)

나: (웃음을 억누르며) 그래? 어떤 상어를 특히 좋아하는데?

상어소년: (에이햅 선장*처럼) 제일 좋아하는 상어는 메갈로돈이에요, 가장 큰 상어인데 아무도 본 적 없고 누군지 아는 사람도 없거든요! (이 거대한 물고기가 헤엄치는 모습을 눈앞에 그려보며 황홀경에 빠진다)

나: (눈물을 흘리면서 웃음을 억누른다)

---

* 《모비 딕Moby Dick》의 등장인물.

95

월요일, 오후 4시 55분

무시무시한 영국인 여자, 느닷없이: 일흔 살 남자?

나, 카운터 뒤편에서 조금 물러나: (이 질문 한 덩이를 받아들고 해석 작업에 들어간다) 보통 어떤 책을 읽으시죠? 소설, 논픽션, 아니면 둘 다?

무시영국녀: (유리를 꿰뚫어보듯 음침하게 나를 바라본다) …카드.

나: (정신줄을 단단히 붙든다) 생일카드는 왼쪽, 다른 카드는 오른쪽에 있어요.

무시영국녀: …어떤 건데요?

나: (더 단단히 붙든다) 그분의 생일인가요?

무시영국녀: (테이크아웃 메뉴를 훑어보는 트릴로니 교수*처럼 카드들을 훑어본다) …네.

나: 이건 어떠세요? (펀치 만화 생일카드를 들어 보여준다)

무시영국녀: (파악할 수 없게) 좋아요. 이거랑 어울리겠어요.

　　(책 한 권을 내게 건넨다)

---

*《해리 포터》의 등장인물.

나: (얼떨떨하게) 그렇겠네요. 포장해드릴까요?

무시영국녀: (약간 움찔한다; 내 얼굴 바로 앞의 허공을 깊이 들여다

본다) …뭘로요?

나: (내면적으로 비틀거린다) …종이요. 선물이니까. 리본도 달고.

무시영국녀: (입술에 침을 바르고 음흉한 표정을 한다) …네. 좋겠

네요.

나: (말없이 책을 포장한다) 여기 있습니다! 다 됐어요. (미소가

흔들린다)

무시영국녀: (고개를 한쪽으로 젖힌다; 눈이 번득인다) 재미있어

하는 거 같네요, 맞죠?

나: (정신을 바짝 차리고서) 언제든지 기꺼이 도와드리죠! 좋은

오후 되세요!

무시영국녀: (말없이 서점에서 나간다)

나: (숨을 내쉰다; 카운터에 몸을 기댄다)

96

일요일, 오후 2시

미디어 업계 특유의 헤어스타일과 무척 고상한 문신을 한 내
또래의 쿨한 인디 커플이 여행도서 구역을 훑어보다가 즐거
운 대화를 멈추고 매장의 스포티파이에서 흘러나오는 모디
스트 마우스Modest Mouse의 〈플로트 온Float On〉 첫 소절에
귀를 기울인다.

**위로 틀어 올린 금발에 데이지 뷰캐넌Daisy Buchanan처럼 부
 티 나는 목소리의 인디마님:** 아 참, 이게 이제 옛날 노래
 가 됐네! 제너럴 팬츠에서 일하던 때 생각나?

매끈하고 지적인 얼굴에 체격 또한 근사한 인디나리: 아,
 최악의 일자리였지… 그야말로 '최악'이었어…. (안도의 한
 숨과 너털웃음) 제기랄, 소매업계에서 벗어난 게 얼마나 다
 행인지.

인디마님: (까불대며) 요즘 '아이들'은 일종의 향수병처럼 이
 노래를 좋아하는 걸까?

인디나리: (넉넉하게 낄낄 웃는다) 아니면 아직도 소매업계에

서 일하는 사람들이 있어서일까?

모디스트 마우스에서 〈뱀파이어 위켄드Vampire Weekend〉로
넘어가자 둘 다 말을 멎는다.

인디마님: (소리 내어 웃는다) 무슨 스포티파이 플레이리스
　트 같은 건가 본데? '난 아직도 여기서 일하네' 같은 제목
　의….

인디나리: (농담에 응수하며) '이따위 잡일을 하기에는 너무
　늙었어'나 '나도 꿈이 있었지'는 어떨까? (거들먹대며 놀리는
　목소리로) '여러분이 모두 떠난 후에도 누군가는 여기 남아
　지켜야 했답니다.'

둘 다 낄낄대며 웃는다.

그들의 시선 밖의 반대편에서 선물용 도서를 정리하는 나:
　(비틀거리며 카운터에 기댄다; 음악을 바꾼다; 잔혹한 화살을 맞은
　보로미르*처럼 스러진다).

---

*《반지의 제왕The Lord of the Rings》의 등장인물.

97

일요일, 오전 10시 15분

콧물을 흘리며 뭐든지 만져대는 꼬마를 따라가는 놀랄 만큼 참을성 있는 엄마: 제이비어, 또 뭔가를 만지면 여기서 나갈 거야.

콧물꼬마: (끔찍하게 건방진 얼굴을 하며 일부러 박스 세트 하나를 자빠뜨린다)

참을성엄마: (발끈한다; '콧물꼬마'의 팔을 낚아채고는 몸을 돌리게 하여 눈을 마주치더니 악문 잇새로 억눌린 백열 분노를 선포한다) 제이비어, 여기서 다른 뭔가를 또 만지면, 밖에 개처럼 묶어둘 거야!

콧물꼬마: (경외의 침묵)

98

목요일, 오후 3시 40분

나: (벨이 네 번째 울렸을 때 전화를 받는다) 노스 쇼….

알고 보니 생긴 것만큼이나 아만다 밴스톤 Amanda Vanstone**과 거의 비슷한 목소리로 말을 자르는 여자:** (손신호를 보내는 손님을 무시한 웨이터를 대하듯 분하고 빈정대는 소리로 내 인사말을 뚝 자른다) 여보세요?! 이제야 받는군! 빌 리크Bill Leak 책 있어요? 〈오스트레일리언〉에 광고가 났던데, 크리스마스 선물로 필요해요!

나: (무례를 억누르며) 어떤 걸 찾으시는데요?

밴스톤비슷: (빈정대며) 흥, 얼마나 많이 있는데요?

나: (침착하게) 세 종이 있습니다. 아마 신간을 원하실 것 같은데, 한 권 남아있네요. 예약으로 빼놓을까요?

밴스톤비슷: (미심쩍게) 확실한가요? 공연히 헛걸음은 하고 싶지 않아요!

나: (퉁명스럽게) 지금 갖고 있어요… 빼놓을게요.

밴스톤비슷: (전화를 끊는다)

나: (잇새로 한숨을 내뱉는다; 수화기를 내려놓고 책을 예약용 비치대

에 놓는다)

15분 후, 앙다문 턱을 비롯하여 아만다 밴스톤과 너무나 닮은 모습의 '밴스톤비슷'이 들어온다.

나: (척 보고 '밴스톤비슷'을 알아본다; 비치대에서 리크의 책을 집어 내려온다) 안녕하세요! 빌 리크 책 찾으셨던 분이죠?

밴스톤비슷: (튀어나올 듯한 눈으로 나를 쳐다본다) 얼마예요?

나: 45달러입니다.

밴스톤비슷: 맙소사! 그렇게 비싸요? 정말로요?

나: (머리 주위로 구름이 하강한다)

밴스톤비슷: (한숨을 쉰다; 지갑을 연다; 손가락에 침을 묻힌다) 아메리칸 익스프레스를 받는지 따위는 물어볼 가치조차 없겠지….

나: (차분하게) 받습니다.

밴스톤비슷: 염병할 추가수수료를 붙이는 거겠지! 그건 또 얼만가요?

나: ('밴스톤비슷' 뒤로 늘어나는 줄을 고통스럽게 바라보며) 추가수수료는 없….

밴스톤비슷: (내 말을 자르고 끼어든다) 소매업체들이 아메리칸

익스프레스에 붙이는 추가수수료는 정말 터무니없어요!
우리는 대부분 우량 고객들인데 당신들은….

나: (서두르고만 싶다) 추가수수료는 없고요….

밴스톤비슷: (모쪼록 계속 나아간다) 돈을 마다할 리가 없지!
나는 이미 수수료를 엄청나게….

나: (한쪽 눈은 늘어나는 손님 줄에, 한쪽 귀는 울려대는 전화벨에) 저
희는 추가수수료가 없….

밴스톤비슷: 게다가 뭐 사-십-오 달-러! 라니….

나: (울화통이 터진다; 한 옥타브 내려간 묵직한 목소리로) 말씀을
멈추시고 제 말을 들으세요. 아메리칸 익스프레스 추가수
수료는 없습니다.

밴스톤비슷: (어리벙벙한 침묵)

나: (숨을 내쉰다; 안쪽 사무실의 동료가 전화를 받는다) 45달러입
니다, 감사합니다. 옆쪽에 카드를 대시면 됩니다. (카드 단
말기 센서를 가리킨다)

밴스톤비슷: (카드를 갖다 댄다)

나: (봉투에 책을 담아 준다) 감사합니다.

밴스톤비슷: (봉투를 받는다) 고마워요. (서점을 나간다)

나: (자세를 수습한다; 줄서있는 손님들을 향해 미소 짓는다) 다음
손님 오세요.

통화중이던 여자, 카운터에 식료품 봉투를 내려놓는 바람에
선물용 책들이 뭉개진다: (통화를 잠시 멈추며) 물어볼게. (내게)
저기, 최저가 보장 되죠?

99

월요일, 오후 5시 20분

앞머리를 불균형하게 내리고 본인의 동유럽 억양만큼이나 두터운 검정테 안경을 쓴 여자: 가프카의 《변신》 책 잇써요?

나: (버퍼링) …(기쁘게) 네!

100

일요일, 오전 11시

운동복 차림의 얼빠진 여자가 카운터에 카드를 내려놓으며 손가락으로 톡톡 친 다음 카운터 위의 선물용 도서들을 구경한다.

나: 그러니까 카드만이죠?

얼빠진손가락: (구경하며) …음.

나: 6달러 95센트입니다.

얼빠진손가락: …. (말없이, 그리고 눈도 마주치지 않은 채 20달러 지폐를 건넨다)

나: (지폐를 받으며) 작은 봉투에 담아드릴까요?

얼빠진손가락: (계속 구경하며) ….

나: (한숨을 억누르며) 봉투?

얼빠진손가락: (역시 눈을 마주치지 않고) …아뇨.

나: (계산을 하고 거스름돈과 카드를 나란히 카운터에 내려놓은 뒤 물러선다)

얼빠진손가락: (30초는 족히 지나) 저기요!

나: (뒤돌아서며) 네?

얼빠진손가락: 그렇게 그냥 가면 안 되죠! 거스름돈은 어쩌고요?

나: (셰익스피어 악당 몇을 시험해본 뒤, 들리지 않는 신음과 함께,《맥베스Macbeth》5막 '시든 누런 잎' 모드를 선택한다) 손님 바로 앞 카운터에 카드랑 영수증과 함께 있습니다.

얼빠진손가락: (카드와 거스름돈 따위를 발견하는 쇼를 그럴듯하게 연출한다) 아! 흠, 근데 봉투에 좀 담아주셔야죠?

나: (함박 미소와 함께) 물론이지요!

101

토요일, 오전 10시 30분

멋진 양말에 파카를 차려입고 눈에 띄게 입술을 쭉 내민 영국인 노신사가 손수레를 밀고 가는 여자를 귀족적인 눈으로 노려본 다음 카운터로 다가온다.

입쭉노신사: 안녕하세요! (불안하게 나를 바라본다; 입술을 축인다) 도와줄 수 있다면 좋겠는데요.

나: (하층인다운 민첩함으로) 안녕하세요! 저도요! 어떻게 도와드릴까요?

입쭉노신사: 인도의 영국 철로에 관한 도서들을 찾고 있어요…. 무척 절친한 지인 하나가 지대한 관심을 갖고 있는데, (말을 멈추고 입술을 다시 한 번 축인다) 특정한 책에 대해 분명 들었거든요…. 오, 그게 어디 있었더라?

나: (재미있다는 기색을 간신히 숨기며) 찾으시는 그 책이 뭔지 알 것 같아요…. 그림이 들어있는 양장본이죠?

입쭉노신사: (대단히 기뻐하며) 맞아요! 그거예요! (커다란 만족감과 함께 입술을 축인다)

나: (아주 천천히 조심스럽게 숨을 들이쉰다) 아… 하하하… 으흠. 좋습니다. 제가… 아하하… 아직 재고가 있는지 확인해보겠습니다…. 잠시만요. (컴퓨터 검색)

입쭉노신사: 흠. (방황하던 시선이 금고 옆의 고급 만년필에 가서 멈춘다) 이런! 진짜 펜이군요!

나: 네? 네, 아주 근사하죠?

입쭉노신사: (입술을 축인다) 저 말이오, 내 생각에는, '모두가' 펜촉이 있는 펜을, 그 끔찍한 볼펜이 아닌 진짜 펜을 써야만 해요! 다시 모든 아이에게 잉크로 글을 쓰는 법을 가르쳐야만 해요.

나: (여전히 웃음을 억누르며) 아, 글쎄요…. 볼펜도 나름의 장점이 있으니까요. 만년필은 아주 지저분해지기 쉽잖아요…. 학창시절 선생님을 놀래주려고 잉크를 마셨다는 끔찍한 이야기들을 아버지한테 곧잘 들어요.

입쭉노신사: (눈썹이 경련을 일으킨다; 입술을 축이고 반쯤 연다) 오호호… 그런데, 그런데 말이에요, (농담을 준비하며 두어 번 가쁜 호흡을 한다) 어머니의 화초를 죽이려고 잉크를 붓곤 했다오….

나: (완전히 제정신을 잃는다; 괴성을 지르며 웃는다; 카운터를 손바닥으로 두드린다; 배꼽을 잡는다)

입쭉노신사: (얼굴에 화색이 돈다; 눈이 반짝거린다; 이 굉장한 농담에 대한 열광적인 반응에 흡족해한다)

102

크리스마스이브, 오전 8시 45분

아홉 시 15분 전…. 연중 최대 호황일 크리스마스이브 영업 시작이 15분 앞으로 다가왔다. 직원들이 분주하게 영업 준비를 한다. 노새 같은 얼굴의 여자가 커다란 손수레를 끌고 나타나더니 성급히 유리문을 두드려댄다.

노새여자: (닫힌 문틈으로) 몇 시에 열어요?
내 동료 아서(내동아)**:** 아홉 시요!
노새여자: 엿 먹어라! (손수레를 끌고 사라진다)
내동아: 메리 크리스마스!

103

토요일, 오후 3시 30분

RSL에서 음식의 양으로 트집이나 잡을 것 같은 심술궂은 붉은 얼굴의 대머리 남자가 카운터에 책을 내던지고 나를 노려본다.

나: (미소 짓는다) 이거 한 권이시죠?

심술붉은대머리: (여전히 노려본다)

나: (따뜻하게) 알겠습니다! (책을 스캔한다) 20달러 99센트입니다.

심술붉은대머리: (노려본다; 신용카드를 건넨다)

나: 제가 대신 갖다 댈까요? (친절한 도우미처럼 눈썹을 치켜 올린다)

심술붉은대머리: (험악하게 인상을 쓴다)

나: (밝게 씩 웃어준다) 그러라는 뜻으로 받아들이겠습니다!
(카드를 갖다 댄다)

심술붉은대머리: (본래의 노려보는 얼굴로 복귀한다)

나: ('심술붉은대머리'의 손이 미치지 않을 거리에 책과 영수증을 내려

놓고) 봉투 필요하세요?

심술붉은대머리: (험악한 인상)

나: (친절한 도우미)

심술붉은대머리: (험악한 인상)

나: (도우미)

심술붉은대머리: (험악한 인상)

나: (도우미)

심술붉은대머리: (험악한 인상)

나: (도우미)

심술붉은대머리: (마침내 마지못해; 누나에게 사과하는 소년처럼) …있으면요.

나: (가학적 환희에 차) 종이봉투로 드릴까요, 비닐봉투로 드릴까요?

104

일요일, 오후 1시 25분

친구에게 줄 득남 선물을 고르는 스펜서라는 매우 쿨한 사

나이: 저기요, 도와주셔서 고마워요…. 아기에게 이걸 사

주려고 해요. (스펜서라는 매우 쿨한 사나이만이 할 수 있는 식으

로 그림책을 카운터 위에 빙그르르 돌린다) 형씨, 포장 좀 해줄

래요? (전화기를 확인한다)

나: ('형씨'로 인해 속에서 얼음장이 생긴다) 그러죠. 아기에게 어

떤 색이 좋을까요?

매우쿨한스펜서: (입을 벌린 채 정신을 딴 데 팔고 있다) 뭐요?

나: (조심스럽게) 남자아이인지 여자아이인지, 아니면 상관없

으세요?

매우쿨한스펜서: (열정적으로) 어이쿠, 그게 무슨 상관이에요,

형씨. 무려 2018년이잖아요.

나: (재빨리) 아, 그럼요, 그렇고말고요. 저도 같은 생각인데

요, 사람들이 아기에 대해서라면 좀 유별나게 굴곤 해서

요. 포장을 다시 해야 할 때도 있고….

매우쿨한스펜서: (분개하여) 어이쿠, 염병할, '정말로'요? 어

떤 색깔이든 괜찮죠, 그러니까⋯ (생각한다) '컬러풀'하기만
하면요! (자신의 통찰에 흡족하여 웃음을 터뜨린다) 물어볼 필요
도 없어요, 그냥 이를테면, 형씨가 고르는 대로, 짠! (낄낄
웃는다)

나: (씩 웃는다) 알겠습니다, 그럼. (가장 화려한 분홍을 고른다)

매우쿨한스펜서: (움찔하며) 어이쿠, 그래도 분홍은 말고, 네,
다른 걸로?

＊＊＊

그로부터 5분 후. 브렉시트를 피해 영국을 떠난, '북book'을
'벅berk'으로 발음하고, 친구들이 결행한 두바이 이주에 관한
'벅'들이 너무 빈약하다며 수동적이면서도 공격적인 한숨을
내쉰 돈 많은 금발 여자가 딸에게 줄 진분홍 '벅' 두 권을 골
라 온다.

브렉시트를피해: 안타깝네요. 정말이지 도와주시기를 기대
했는데⋯. (다시 한숨) 그냥 이거나 사 갈게요, 그리고⋯ (질
문과 거리가 먼 말투로) 포장 좀 해줄래요. (대답도 듣기 전에 고
개를 돌려 전화기를 확인한다)

나: 물론이죠. 보라색 괜찮으세요?

브렉시트를피해: (쳐다보지도 않는다; 시선은 전화기에) …흠? 아, 괜찮아요… 아무거나, 뭐 상관없어요.

나: ('벽'들을 포장한다; 보라색에 맞추어 금빛 리본을 고른다)

브렉시트를피해: (즉각적으로) 아니, 금빛 말고 딴 거 없어요? 아이들에겐 적당하지 않잖아요? 어쩐지 할머니 같고, 안 그런가요?

나: (근엄한 부엉이 식으로 눈을 깜박인다) 알겠습니다. 분홍은 어떠세요?

브렉시트를피해: (내가 자기 말을 들어주는 순간 흥미를 잃고) 네, 괜찮아요. (전화기로 돌아간다)

105

토요일, 오전 9시 50분

엄마가 소설 구역을 훑어보는 동안 남자아이가 유모차에 앉아서 높고 달콤하고 구슬프기까지 한 목소리에 비상한 위엄을 담아 노래한다: 과아아아일 새애애애앨러드… 얌얌… 얌얌…

106

일요일, 오전 10시 45분

배 나온 리처드 글로버Richard Glover 같은 외모에 아주 사소한 생색의 기미조차 금세 알아차리는 놀라운 감수성을 지녔으나 기본적 사실들이나 간단한 사안들에 대한 어마어마한 이해는 너무나 부족한 잘난 체하는 단골이 카운터에 기댄다.

배글로버: (오만하게) 그래서 하고 싶은 말이 뭐예요? 구해주지 못한다?

나: (《허트 로커The Hurt Locker》 수준의 집중력과 신중함으로) 그게 아니라 말씀하신 그 음악인의 신작 회고록이 아직 발매가 안 됐고요, 이전 회고록은 절판이 돼서요.

배글로버: (찌릿찌릿 신호가 온다) 그래, 내 말이 틀렸다는 거예요?

나: 아니, 아니고요… 회고록을 쓴 것은 맞아요, 그런데 절판이 됐다는 겁니다. 나온 지 10년 정도 됐어요.

배글로버: (양 콧구멍으로 의기양양하게 숨을 들이쉰다) 그렇다면 신문에는 왜 난 거죠? (증거로 가져온 〈스펙트럼〉 기사를 손가락

으로 찌른다)

나: (같은 해명을 반복한다) 그러니까 회고록을 통해 했던 작업의 연장선이라 할 신작 앨범을 낸 거예요…. 말하자면 회고록에서 영감을 받은 노래들인 셈이죠. ('배글로버'가 잘 읽고 이해할 수 있도록 신문 기사를 조금 돌려놓는다)

배글로버: (의심스럽게) 그걸 어떻게 알죠?

나: (속병이 날 위험을 무릅쓰고 답답함을 애써 누른다) 아래쪽에 보면 '앨범 리뷰'라고 써져 있고요, 거기서 회고록을 언급하고 있기는 해요…. (착한 미소; 계속 비위 맞춘다) 아마 그래서 오해가 있으셨던 것 같아요.

배글로버: (패배를 직감한다; 마지막 수를 놓는다) 그럼 앨범은 있나요?

나: (최선을 다해 점원다운 웃음을 웃는다) 하하! 아뇨. 안타깝게도요. 패키지로 묶어서 팔면 좋을 텐데요.

배글로버: (틈새 발견) 왜 그렇게 안 팔죠? 나야 아마존에서 둘 다 살 수 있을 테지만.

나: (역공을 펼친다) 그렇게 하시지 그러세요? 저희는 둘 다 구해드릴 수 없으니까 손님께서는 당연히 그러셔도 될 텐데. (미소 짓는다)

배글로버: (화 치솟는다) 시간도 많이 절약되겠죠. (원한을 품

고) 아마존이 곧 호주에 오픈한다죠, 아마? 그런 경쟁에 어떻게 대응할 생각인가요?

나: (선의의 질문으로 받아들이는 척하며 미래에 대한 우울한 우려로 기어를 돌린다) 뭐, 어려울 거예요…. 저희야 소규모 업체들을 파산시키기 위해 수년간 손해를 감수할 수 있는 거대 다국적기업이 아니니까…. 어떻게 되는지 두고 봐야겠죠, 그리고 충성고객이 충분하기만 하다면 또….

배글로버: (콧방귀 뀐다) 그렇지 않다면요?

나: (이를 드러낸 미소) 그러면 손님이나 저나 일요일 아침에 할 다른 일을 찾아봐야죠. (카운터를 떠난다)

배글로버: (돌연 약해진 모습으로) 도와주셔서 고마워요!

나: (서가로 향하면서 어깨 너머로) 별말씀을요, 좋은 하루 보내세요!

107

일요일, 오후 3시 40분

청바지 속에 폴로셔츠를 넣어 입은 불그레한 혈색에 굵은 목소리를 지닌 거구의 남자: (애처롭게) 마크 레이섬Mark Latham의 신간《국외자들Outsiders》있어요?

나: (기꺼이) 아뇨!

108

월요일, 오후 2시 30분

부동산 사업으로 켈트족 공주처럼 황금에 묻혀 사는 너무 나 바쁜 아이타 버트로스 Ita Buttrose **유형의 여자:** (고자세로 목소리를 가다듬으며) 네, 빼놓은 그 책요. (고개를 돌려 자신이 중요한 인물일 뿐 아니라 무척 바쁘다는 사실을 전달한다)

나: (이 상황을 즐긴다) 알겠습니다. 성이 어떻게 되시나요?

너무나바쁜버트로스: (저자의 성을 물은 거겠지 짐작하며, 도도하게) 오, 기억 안나요. 내 이름을 찾아보면 안 되나요?

나: (미소 짓는다; 같은 말을 반복한다) 물론이죠. 성이 어떻게 되시나요?

너무나바쁜버트로스: 앨리스요. (목소리를 가다듬는다)

나: (조심스럽게) 성이 앨리스 씨 맞으세요?

너무나바쁜버트로스: (사납게) 네!

나: (앨리스는 성이 아니라 이름일 것이라는 생각; 어쨌든 보관도서 선반을 확인해본다) 이상하네요⋯. 여기 없는 것 같아요.

너무나바쁜버트로스: 흠, 이해가 안 되네요? 어제 누군가가 내게 연락을 해왔어요. (입이 처지고 눈썹은 올라간다; '장사 이

따위로 해도 되는 거야?'의 표정)

나: (난처하다; '너무나바쁜버트로스'를 더 자극하지 않고 대꾸할 길이 없다; 다른 방법을 쓴다) 성의 철자가 A-L-I-C-E 맞으시고요?

너무나바쁜버트로스: (화가 더 나서) 네!

나: (섬광처럼 스치고 지나가는 천재적 아이디어) 그러시겠죠. 이름은 어떻게 되시나요?

너무나바쁜버트로스: (더는 못 참겠다는 듯이) 앨리스요!

나: (의기양양한 미소) 그렇군요⋯ 그러면 성은요?

너무나바쁜버트로스: (화가 치밀어; 자신의 어리석음은 전혀 깨닫지도 못하고) 라크로이요! L. A. C. R. O. I. X!

나: (미소 짓는다; 책을 찾아온다) 여기 있습니다! 마침내 성공이로군요!

너무나바쁜버트로스: (믿을 수 없다는 듯 머리를 절레절레 흔들며) 맙소사! 드디어. 너무 힘드네요! 여기 업무를 좀 더 체계 있게 해야 할 것 같아요, 안 그래요?

나: (미소 짓는다) 아, 그럼요. (얼이 나가서) 당연히 그래야죠.

109

일요일, 오후 4시 55분

퇴근 후 슈퍼마켓에서 장을 본 후 셀프 계산대를 이용하고 있는데 지독하게 골치 아픈 서점 단골손님이 보이기에 얼른 눈길을 돌린다. 억울한 사정을 호소하는 데 진정한 달인이다.

골치단골: (코를 씩씩거린다; 점점 짜증을 내며 화면을 눌러댄다) 자, 자, 에잇, 이 멍청한 기계!

나: (스캔을 서두른다)

골치단골: (반쯤 돌린 내 어깨에 대고) 저기요, 여기서 일해요? 이 멍청한 기계를 어떻게 고쳐야 되죠?

나: (고개를 돌려 '골치단골'을 본다) 저 여기서 일 안 하는데요. (스캔에 이어 계산까지 마친다)

골치단골: 여기서 일하잖아요! 낯이 익는데.

나: (배낭에 식료품을 담는다) 저 서점에서 일해요.

골치단골: (기뻐하며) 아, 맞다! 맞아요! 이 기계 어떻게 고치는지 알아요?

나: (머뭇거린다) 알기는… 하는데요. (한숨을 쉰다) 화면 안내

보이죠? '먼저 첫 번째 물품을 스캔해주세요'?

골치단골: 그래요?

나: 그걸 하세요…. 첫 번째 물품 스캔하세요.

골치단골: (그렇게 한다) 오! 되네!

나: (엷게 미소 짓는다; 떠난다)

<u>110</u>

일요일, 오후 2시 20분

안쪽 사무실 문을 괴어 열어둔 채로 내 일을 혐오하며 뉴 홀
런드 출판사에서 온 반동적 쓰레기를(내가 보기엔) 납품받고
있는데 누군가 가만히 문을 두드리는 소리가 들린다. 고개를
들어보니 운동화, 청바지, 격자무늬 셔츠를 입은 십대 소녀
가 문가에 서서 미안하다는 미소를 짓고 있다. 게으름뱅이들
과 멍청이들과 서비스 노동자들의 뮤즈가 틀림없다.

나: (마크 레이섬과 앨런 존스Alan Jones 요리책이 포함된 송장에서
눈을 떼게 된 것이 반갑다) 안녕! 도움이 필요하니?

**게으름뱅이들과 멍청이들과 서비스 노동자들의 뮤즈(계명
서뮤):** 안녕하세요, 죄송한데요, 중요한 건 아니고, 지금 나
오는 저 플레이리스트가 뭔지 궁금해서요. 그게… (미소 지
으며 수줍게 고개를 끄덕인다) 아주 좋아요.

나: (이 상황이 즐겁다; 잠시 음악에 주의를 기울인다; 매장용으로 꼭
맞는 인디 음악…. 부드러운 흐름에 풍부한 코러스와 기타, 그 위로
울부짖는 풍요롭고 음울한 남자의 보컬) 잘 모르겠네, 이걸 튼

동료한테 한번 물어봐줄게.

계명서뮤: 아, 아니에요, 괜찮아요! 그럴 필요 없어요! (다시 앉으라고 손짓한다)

나: (반짝반짝 빛나는 눈으로) 아니, 아니야… 나도 알고 싶거든. 정말 좋네, 그렇지? (매장 카운터로 가 나보다 어린 동료에게 물어본다; 밴드와 앨범 이름을 포스트잇에 적는다; 그것을 '계명서뮤'에게 건넨다)

계명서뮤: (머리를 살짝 숙여 인사를 한다) 정말 고맙습니다…. 여기 좀 더 있어도 될까요? 서점이 되게 좋아서요.

나: [슬픈 미소와 함께 더욱 절감하는 것은… 삶에서 놓여날 수 있는 몽상과 막간의 소우주로서의 서점/음반점에서 일한다는, 편안하게 상투적이면서 강력하게 감상적인 관념에 일조하는 자신의 역할….

성가신 것들로부터 격리되어
달의 변화도 알아채지 못하고
분주한 상식의 소리도 들리지 않는 곳!

…그리하여 '계명서뮤'가 쓰고 있는 매혹적이고 독창적이나 결코 완성되지 못할 자전적 소설 속에 하나의 캐릭터(큰 키에 배불뚝이에다 턱수염을 기르고 머리는 벗겨지고 귀갑테 안경을 꼈으며 격자무늬

셔츠를 좋아하고 조심성 있는 초식도마뱀 유의 온화한 분위기를 갖춘 책방 주인)로 삽입되었다는 느낌] 물론이지. 마음 놓고 좋은 시간 보내렴! (존스와 레이섬으로 돌아간다)

<u>111</u>

일요일, 오후 3시 55분

독한 린스 향을 풍기고 입은 불독 같은 노부인: (서점에서 나
가며) 책이 이렇게나 많은데 읽고 싶은 게 한 권도 없네!

나: (미안해하는 미소와 함께) 그러게요, 손님이 직접 쓰셔야 할
것 같은데요!

독한린스불독: (때를 놓치지 않고, 비꼬는 투로) 여기 쓰레기들
보다 못하지는 않겠죠! (매장 전체를 가리킨다)

《제목은 기억 안 나는데 표지는 파란색이에요》

첫판 1쇄 펴낸날 2019년 12월 16일

지은이 | 엘리아스 그리그
본문 삽화 | 필립 마스든
옮긴이 | 김재성
펴낸이 | 박남희

종이 | 화인페이퍼
인쇄·제본 | 한영문화사

펴낸곳 | (주)뮤진트리
출판등록 | 2007년 11월 28일 제2015-000059호
주소 | 서울시 마포구 토정로 135 (상수동) M빌딩
전화 | (02)2676-7117 팩스 | (02)2676-5261
전자우편 | geist6@hanmail.net
홈페이지 | www.mujintree.com

ⓒ 뮤진트리, 2019

ISBN 979-11-6111-049-3 03840

* 책값은 뒤표지에 있습니다.